La dame à la louve

RENÉE VIVIEN

La dame à la louve

FRENCH TEXT

EDITED BY

Melanie Hawthorne

The Modern Language Association of America

New York   2021

MLA and the MODERN LANGUAGE ASSOCIATION are trademarks
owned by the Modern Language Association of America. For
information about obtaining permission to reprint material from MLA
book publications, send your request by mail (see address below) or
e-mail (permissions@mla.org).

Library of Congress Cataloging-in-Publication Data

Names: Vivien, Renée, 1877–1909, author. | Hawthorne, Melanie, editor.
Title: La dame à la louve / Renée Vivien ; edited by Melanie Hawthorne.
Description: New York : Modern Language Association of America,
    2021. | Series: Texts and translations, 1079-252X ; 36 | Includes
    bibliographical references. | Summary: "A collection of short stories
    by Renée Vivien (1877–1909). Reflects and challenges attitudes of the
    belle epoque, questions gender roles, and represents same-sex love and
    desire. Stories feature unreliable narrators and include rewritten fairy
    tales and ancient myths, adventure stories in the American West and at
    sea, and others"—Provided by publisher.
Identifiers: LCCN 2021009000 (print) | LCCN 2021009001 (ebook) |
    ISBN 9781603295246 (paperback) | ISBN 9781603295253 (EPUB)
Subjects: LCGFT: Short stories.
Classification: LCC PQ2643.I9 D35 2021 (print) | LCC PQ2643.I9 (ebook)
    | DDC 843/.912—dc23
LC record available at https://lccn.loc.gov/2021009000
LC ebook record available at https://lccn.loc.gov/2021009001

Texts and Translations 36

ISSN 1079-252x

Cover illustration: Pacific Mail Line postcard, early twentieth century,
personal collection of Melanie Hawthorne.

Published by The Modern Language Association of America
85 Broad Street, Suite 500, New York, New York 10004-2434
www.mla.org

CONTENTS

INTRODUCTION

Renée Vivien was born Pauline Mary Tarn, the daughter of a well-to-do English gentleman and his American wife, in London in 1877. "Renée Vivien" is just one of several pseudonyms she later chose, but it is the best-known. Vivien's family moved from London to Paris when she was still an infant, so she grew up bilingual and France became her adopted home, although after her father died in 1886 she was forced to return to London with her mother until she came of age and could decide for herself where to settle.[1]

As the female child of an upper-class family at the turn of the century, Vivien did not receive formal schooling. Her education came from private governesses, from reading widely (we have some indication of her tastes from the books that belonged to her), and from the exposure to culture that comes with affluence: travel, easy access to concerts and exhibitions, and socializing with the elite.[2] Her education, intended to prepare her for the marriage market, included subjects considered social graces, such as the study of music, but omitted those her male peers would have taken for granted, such as Latin and Greek (and, unlike Virginia Woolf, she had no brothers to learn from). Vivien later hired her own tutor, learned Greek well enough to be able to translate it (Sappho would be a huge influence on her work), and taught herself to read other languages, such as Italian.[3] But in her adolescent years, like other girls of her generation, she did what was expected of her: she "came out" as a debutante into London society and was presented to Queen Victoria.

Once Vivien turned twenty-one, as an heiress, she had the means to maintain her independence and her own residence, so she returned to the wealthy neighborhood where she had grown up, near the Arc de Triomphe in Paris, and lived for the rest of her life on the same site she had inhabited as a child, the Avenue du Bois de Boulogne, now the Avenue Foch. She also had the means to travel, and she took full advantage, visiting fashionable resorts as the seasons dictated (Nice for the carnival in spring; the Bayreuth Festival in Germany; various spas) and also taking in more far-flung destinations (Constantinople, Japan). But Paris remained her home base until her death. Economically privileged, she could have chosen a life of leisure and indulgence, but she instead imposed upon herself a rigorous program of study (Greek, French poetic metrics) and writing, publishing some twenty-five books in the decade from 1901 to 1910. She financed publication herself and did not need to concern herself with sales or critical reception, though she was pleased when noticed. Her oeuvre consists mainly of poetry and short stories, though she also published two versions of an autobiographical novel, a volume of Japanese- and Chinese-inspired folk stories, and translations of Greek women poets, among other works (see Bac).

Vivien flourished in the belle epoque world of turn-of-the-century Paris. The period from 1895 to the outbreak of World War I was marked by relative political stability and French cultural dominance (see Winock). After a century of upheavals—from the Revolution of 1789 until the Franco-Prussian War and its aftermath, the Commune, in 1870–71—in which every generation had witnessed a major political conflict, France was at last enjoying a period of relative calm, particularly once the anarchist terrorism of the 1890s had subsided. Even as the polarizing Dreyfus Affair divided the country in two and exposed an ugly vein of anti-Semitism that prefigured the later rise of fascism, Paris beckoned to the world as the center of innovation in technology and the arts.[4] A series of world exhibitions, culminating in the Paris Exposition of 1900, brought the world to the capital to see its post-Haussmann beauty[5] enhanced by modern lighting and new landmarks, such as the Eiffel Tower, and showcased French ingenuity and industrial leadership.[6] Cinema, credited as the invention of the Lumière brothers in 1895, was spreading rapidly as a form of popular entertainment by the first decades of the twentieth century, and the invention of the motorcar (Peugeot was an early French manufacturer) offered new distractions and discoveries. The development of railway networks brought the middle classes from the provinces to Paris while offering an escape for Parisians who wanted to get away to the coast. Cabarets and casual drinking establishments entertained just about everyone, department stores (the source of the Tarn family wealth) offered a new kind of consumer experience, and industry provided new devices and inventions, from telephones to indoor plumbing, that benefited every household (see Weber; Rearick). Although the term *belle epoque* was used only in retrospect (see Kalifa), there was a widespread feeling that it was a beautiful time to be alive in the world-class capital of Paris, at least for those who could partake in some of its luxuries.

Money does not guarantee happiness, however, and Vivien's personal life was far from contented. The most salient factor was her sexuality, since from an early age she knew she was attracted to women and had no interest in men, marriage, or children, the socially prescribed features of a woman's life at this time. Although homosexuality had been decriminalized since the French Revolution, and belle epoque Paris was somewhat tolerant of lesbianism in certain contexts (among courtesans, for example), such behavior was far from being completely accepted, and Vivien found certain doors closed to her.[7] While protected to some extent by her wealth and social standing, she was keenly aware of her outsider status. Many of her poems describe her sense of being pilloried and vilified, and she believed that her lifestyle as an independent woman, a lesbian, and an aspiring writer represented a form of martyrdom.

The great love of Vivien's life was the expatriate American heiress Natalie Barney, with whom Vivien began a tempestuous affair in the winter of 1899–1900.[8] It was a whirlwind romance that would inspire many of Vivien's greatest poems, but Barney was not the sort of person to settle down in domestic bliss, and neither was Vivien, although she expected greater fidelity than Barney was prepared to offer. It is difficult to say when the affair ended, since there were numerous ruptures and reunions, but by 1903 Vivien was involved in a new relationship. This was with a scion of the Rothschild family, Hélène de Zuylen, who was married with children and not about to give up her social position. Fortunately, she lived nearby, on the same avenue as Vivien, which facilitated their meetings.

The relationship with de Zuylen provided some peace and stability, if not exactly happiness, for Vivien while she came to terms with the death of her closest friend, Violet Shillito. A childhood neighbor, friend, and soul sister, Shillito had perhaps helped Vivien become aware of her sapphic inclinations, though the two probably were not lovers. It was Shillito who introduced Vivien to Barney. Shillito died in Cannes of typhoid fever in 1901, at the age of twenty-four.

She made a deathbed request to see Vivien one last time, but the latter was being swept off her feet by Barney and delayed the journey. She finally arrived in Cannes to see Shillito before she died but experienced lingering guilt about the betrayal. Vivien also seems to have idealized the friendship in retrospect, and the violet (the color, the flower, the perfume) is the most obsessively recurrent single image throughout her work.

After breaking up with de Zuylen in about 1905, Vivien went into a downward emotional spiral. She had manifested suicidal tendencies as an adolescent; appeared anorexic throughout her life; seemed to survive on a liquid, alcohol diet; and depended heavily on medicinal drugs (opiate-based home remedies were barely regulated and widely available, for example [see Inglis]). In the final years of her life, Vivien seemed caught up in a frenetic circle of partying and casual affairs while inwardly withdrawing from the world in ascetic detachment, an imbalance that caught up with her in 1909. She died in November of that year after a protracted illness, at the age of thirty-two. Scholars continue to debate the exact cause of her early death and whether or not it constitutes a suicide. Whatever the verdict, her demise robbed the world of a fiercely independent and unique voice.

The full range of that talent is on display in the stories that comprise *La dame à la louve*. Originally published in 1904, when Vivien was at the height of her powers, it brings together a range of themes and forms that show many facets of the author's work. The opening story, which gives the collection its title, is a masterful example of the short story genre that calls out for comparison to Anton Chekhov's "Lady with Lapdog" while also offering a coded representation of same-sex love through the example of a strange commitment that seems inexplicable to the world at large. The narrative takes place on a passenger ship that hits a reef. The narrator of this story simply cannot fathom why the lady he has his eye on would choose to drown with her pet wolf rather than take the seat that's offered in the lifeboat, but to the reader it is all too clear. Vivien's story anticipates the real-life tragedy of the *Titanic,* and her story is titanic in the original sense of the word through its force and power.

Several stories in the collection offer reworkings of well-known fairy stories, such as the Prince Charming who turns out to be a young woman, or the heroine who would rather swallow a frog than kiss a prince (or a man who sees himself as one). These "fractured fairytales" anticipate the ways later writers such as the British postmodernist Angela Carter would reappropriate popular narratives to show a different point of view, one that embraces risk and danger and rewrites female desire as a force that disrupts comfortable certainties.

Other stories in *La dame à la louve* range from predictable decadent themes about jewels and women's virtue in the face of male depravity, such as "Le voile de Vasthi," to more original and surprising stories set in the wilds of the United States, such as "Brune comme une noisette" or "La soif ricane," which describes a terrifying wildfire on the prairie. These themes resonate with both fin de siècle and modern preoccupations, offering new perspectives and even flashes of humor.

Whatever the theme, however, these stories all share a questioning of gender and gender roles. Vivien's understanding of sex, gender, and sexuality differed in its assumptions from contemporary theory, yet it converges with modern perspectives in challenging normative views and moral hypocrisy. In some ways, then, Vivien was ahead of her time, though in other ways she can be seen as a product of it.

In general, the belle epoque was a time of rapid gains in rights for women (see Moses; Offen; Scott). In the last two decades of the nineteenth century, when Vivien was growing up, the government of the Third Republic had passed a number of reforms, allowing divorce, mandating girls' education, and opening up the professions, and the belle epoque would see further reforms. Although the vote remained elusive in France until 1944, women could bring paternity suits (see Fuchs) and serve as witnesses in legal trials in the first decade of the twentieth century. And exceptional women such as Marie Curie challenged stereotypes about what women could and couldn't do through their spectacular success: Curie not only won two Nobel prizes—the first during Vivien's lifetime, in 1903—but won them in two different categories, physics and chemistry.

These and other improvements in women's status had a notable effect on the literary environment for female authors. The first decades of the twentieth century saw a remarkable increase in the number of women who not only committed their thoughts to paper but also published and even made a living from their work. Rising literacy rates in the nineteenth century combined with technical developments in printing and improved access to education for girls meant that there was finally a market for women's work, be it journalism or fiction, and there was a veritable explosion of writing by women (see Holmes and Tarr; Rogers; and Waelti-Walters).

Vivien and her contemporaries had inherited the Victorian paradigm that men and women were very different creatures, but they challenged the conclusion that they should remain in separate spheres. The perception of women as governed by emotion and more sensitive than men disqualified women in some minds from participating in public life but impressed others, including Vivien, as evidence of women's superiority to men. According to this argument, women deserved the vote and greater influence in politics because they were more moral than men (they resisted vices such as drinking and whoring), not because they were like men (the basis of the modern argument against sex discrimination). Such attitudes linked feminism at the turn of the century to other social movements such as the temperance cause, prison reform, abolitionism, public education, and nascent social welfare programs (such as assistance for "fallen women," i.e., prostitutes, and for single mothers). The flip side of this argument could lead to prudery, puritanism, and all kinds of antipleasure, antisex rhetoric—arguments revived in the second wave of the women's movement in the 1970s and '80s, when radical feminists sometimes found themselves on the same side as the so-called moral majority of conservatives in debates around pornography and transgender issues (see Echols).

Since Vivien held such beliefs, she may not have found promoting androgyny or blurring gender boundaries to be desirable goals. Men might be enviable for their access to educational, cultural, and professional opportunities; their ability to court women openly; and their self-determination, but Vivien was of her time in thinking of men and women as two different forms (dimorphism) rather than as one species existing on a continuum. Many have latched onto the photographs of Vivien dressed as a late-eighteenth-century man standing next to Barney in a skimpy Empire dress, asserting that Vivien made a habit of cross-dressing, but such costumes were part of a playful repertoire of dressing up for costume balls, and there is no evidence to suggest that Vivien ever cross-dressed aside from these rare occasions when such cosplay (as it is now referred to in popular culture) was accepted. True, she experimented with switching genders and seeing things from a man's point of view, but only in limited contexts, including her fiction. She explored alternative female identities too (she was photographed as Anne Boleyn and in a Turkish costume with a veil), but such alter egos were experimental only. In Vivien's eyes, to become a man would have been aiming low, but to expand the freedom of women into male-dominated territory was a worthy goal.

That said, Vivien's fiction lends itself well to a critique of gender roles from a modern (and literary modernist) point of view. The short stories in *La dame à la louve* ask us to question what is really masculine and what is really feminine. In the title story, for example, the male passengers panic and flee to the lifeboats when the ship hits the reef, while the woman remains calm and stoic. Perhaps Vivien had in mind the fire at an annual charity event in Paris in 1897 that killed 125 people, most of them women from the aristocracy. The event was a scandal not only because of the death toll among the elite but also because so many men escaped, abandoning the women they were supposed to protect. In "La dame à la louve," Vivien depicts the male passengers as cowardly, even hysterical, while the heroine faces death calmly and remains loyal to her companion, not leaving her to die alone.

The title story also questions assumptions about male privilege in ways that chime with the contemporary Me Too movement: the man expects the woman to talk with him simply because he feels like talking to her, and takes even a direct "no" as a sign of encouragement. Vivien's presentations of women who chafe at restrictive gender expectations and men who take their privilege for granted are every bit as relevant today, and many women who have ever traveled alone will be able to put themselves in the heroine's shoes.

In her own travels, and at home in cosmopolitan Paris, Vivien mingled with people of different races and religions (she had an affair with the wife of a Turkish—i.e., Muslim— diplomat, and Barney was part Jewish) if they were wealthy enough to be her social equals. In her fiction, however, Vivien tends to take stereotypes as the starting point for engaging with other cultures and races. Thus, although she collected art from China and Japan, and traveled through Asia on a cruise in 1907, the stories she sets there (for example, in the short story collection *Netsuké*) appear on the surface to rely on conventional thinking about these countries. Her Chinese and Japanese girls ("mousmés") appear demure and modest (though are capable of great strength and defiance when motivated); the culture can seem cruel and the etiquette arcane. Her stories set in the prairies and backwoods of America, another exotic setting for European readers, likely bear the imprint of her mother's own childhood in the small town of Jackson, Michigan, still considered by white settlers in the mid–nineteenth century to be part of the western "frontier." The so-called Indian Wars were still being fought to the west and southwest (conflicts continued well into the twentieth century), and the doctrine of Manifest Destiny—that the country was meant to belong to white settlers by divine intention—provided a convenient ideological alibi for the dominant view that "Indians" (lumped together regardless of individual tribe) represented obstacles to expansion and therefore could and should be removed and dispossessed.[9]

Perhaps Vivien had her own reasons for invoking these commonplaces, and more study is needed to understand and appreciate the extent of those intentions (see, for example, Hawthorne, "Behind the Bamboo Screen"). But she was not alone in approaching other cultures primarily through stereotypes; events such as the great Paris Exhibition of 1900 encouraged the public to think in these terms. The exhibition re-created what were touted as authentic "street scenes" as a form of popular spectacle, and for many this was their introduction to other parts of the world. The stories in *La dame à la louve* often begin with such clichéd settings, quickly sketched, and it is easy to call out the stereotypes. On closer inspection, however, many stories go on to present a more unconventional and often disturbing perspective: an Egyptian woman with skin like a crocodile, a biblical queen we thought we knew who reveals inner depths, a Greek heroine whose secret desire, never before questioned, catches us by surprise. The invitation to look deeper than what seems obvious on the surface is a recurrent theme that should be kept in mind when addressing Vivien's apparently conformist attitudes on matters of nationality and race.

The present translation is a revised version of the 1983 edition originally published by Gay Presses of New York. It is a reminder that Vivien's memory was kept alive during the twentieth century by a subculture of feminists and lesbians who valued her work and sought it out in translation (especially as the original French was not always readily available). The first books about her, such as André Germain's *Renée Vivien*, began appearing soon after her death. Within a generation or two she was incorporated into the lesbian canon in the United States through the work of Jeannette Foster, the first librarian of Alfred Kinsey's Institute for Sex Research, who compiled the pioneering study *Sex Variant Women in Literature*, one of the first attempts to inventory the presence of nonheteronormative women in literature.

Renewed interest in feminism and women's literature was part of the second wave of the women's movement, which helped bring Vivien and her work to the attention of new readers. Much of her work was republished in France, along with an appreciation of her life and work by Paul Lorenz in 1977, and in 1986 she was the subject of the first and most thorough biography to date, *Tes blessures sont plus douces que leurs caresses: Vie de Renée Vivien*, by Jean-Paul Goujon.

Translations of Vivien's books began to appear in English in the 1970s (individual poems had been published in the underground lesbian magazine *The Ladder*), making her work available to anglophone critics. Her work was an inspiration to scholars as diverse as Gayle Rubin ("Introduction"), whose essay on the "traffic" in women was one of the most influential theoretical texts of second-wave feminism, and the collaborative duo Sandra Gilbert and Susan Gubar, whose hugely influential books *The Madwoman in the Attic* and the monumental, three-volume *No Man's Land: The Place of the Woman Writer in the Twentieth Century* set the new paradigm for feminist literary scholarship. (Renée Vivien was also one of the principal figures in Susan Gubar's freestanding article "Sapphistries.") The pioneer of lesbian studies Karla Jay wrote the first book in English devoted to Vivien, *The Amazon and the Page: Natalie Clifford Barney and Renée Vivien*, and was responsible, with Yvonne Klein, for the first translation of *La dame à la louve*, the basis of the companion volume to this text (see Vivien, *Woman*).

Interest in Vivien continued steadily throughout the 1990s and beyond. A major poetic study in French by Virginie Sanders appeared in 1991, Mireille Rosello included Vivien in her book on women's writing in 1996, and a series of significant articles by Tama Lea Engelking begins in the early 1990s and continues into the present ("Decadence," "Genre," "One Hundred Years," "Renée Vivien," "Renée Vivien's Sapphic Legacy"). In 1994, Greta Schiller directed the film

Woman of the Wolf based on Vivien's work. In the twenty-first century, anglophone critics of French poetry with an interest in women's poetry have recognized Vivien's centrality, as evidenced in work by Gayle Levy, Gretchen Schultz, and Sarah Parker, and a new translation of a selection of Vivien's poetry by Samantha Pious, *A Crown of Violets*, appeared in 2015. Two monographs on Vivien were published in France in the first decade of the twenty-first century (Perrin; Bartholomot Bessou), and the centenary of Vivien's death in 2009 sparked renewed interest, leading to two volumes of critical essays edited by the leading Vivien scholar Nicole Albert (*Renée Vivien à rebours* and, in collaboration with Brigitte Rollet, *Renée Vivien*), addressing all aspects of Vivien's life and work. A small, independent press, ÉrosOnyx, is in the process of republishing her entire oeuvre in France, including not only the better-known works but also juvenilia (*Le langage des fleurs*) and works that were originally published under other pseudonyms (such as *L'être double*, which first appeared under the name Paule Riversdale), editions that benefit from the scholarship of Albert. Works in queer studies in the United States increasingly recognize Vivien's role as a precursor (for example, Heather Love in *Feeling Backward* and Elizabeth Freeman in *Time Binds*).

The moment has come for Vivien's work to stand once again before a wider audience with a new perspective. The times call for a renewed appreciation of voices that speak of difference; of the value of multiple perspectives that bring those previously consigned to the margins into the discussion; and of the need to reframe sexual and gender categories in terms of fluidity. All three of these discourses add nuances that can inform and enrich human life. Renée Vivien's unique voice has much to offer to these and other debates.

Notes

1. For biographical information about Renée Vivien, see Goujon. In English, see Jay. For more on Vivien's American roots, see Hawthorne, "Des antécédents."

2. For a list of Vivien's books, see Albert and Rollet 185–94. Vivien's mother met the writer Anthony Trollope socially while in Hawaii, for example, and later corresponded with him.

3. Leontis provides context for women's study of the classics at the turn of the century, arguing that "women made Greek learning a sign of their capacity for cultivation" (10).

4. On the Dreyfus Affair, see for example Bredin; Begley. On the French roots of fascism, see Sternhell.

5. Georges-Eugène Haussmann was charged with redesigning and modernizing Paris during the Second Empire and is largely responsible for the city's elegant appearance today.

6. See, for example, Schivelbusch, *Disenchanted Night* and *The Railway Journey*.

7. On the history of homosexuality in France, see Huas; Lever; and Schultz, *Sapphic Fathers*; Merrick and Ragan; and Merrick and Sibalis. On the representation of lesbianism at the turn of the century, see Albert, *Saphisme*. Decriminalization did not mean total freedom from prosecution. Laws dealing with the corruption of minors and *outrage aux bonnes moeurs* (offenses against good morals, usually taken to mean sex in public) could be invoked selectively to rein in homosexual behavior.

8. On Natalie Barney, see Chalon; Rodriguez; Souhami; and Wickes.

9. Consider these historical "bookends" to Vivien's own life. General Custer's "last stand," an event we might reframe today but that passed unquestionably for heroism at the time, was in 1876, just a year before Vivien was born. And the Apache chief Geronimo died the same year as Vivien herself, 1909. His obituary in *The New York Times* stated that he had "a reputation for cruelty and cunning never surpassed by that of any other American Indian chief" and quoted General Nelson A. Miles, who described him as "one of the lowest and most cruel of the savages of the American continent" ("Old Apache Chief"). Such attitudes were common. For more on Vivien's American heritage, see Hawthorne, "Des antécédents."

Works Cited

Albert, Nicole G., editor. *Renée Vivien à rebours: Études pour un centenaire*. Orizons, 2009.

———. *Saphisme et décadence dans Paris fin-de-siècle*. La Martinière, 2005.

Albert, Nicole G., and Brigitte Rollet, editors. *Renée Vivien: Une femme de lettres entre deux siècles, 1877–1909*. Champion, 2012.

Bac, Claude. *Renée Vivien: Inventaire raisonné des livres publiés de 1901 à 1948*. 2003.

Bartholomot Bessou, Marie-Ange. *L'imaginaire du féminin dans l'oeuvre de Renée Vivien*. PU Blaise Pascal, 2004.

Begley, Louis. *Why the Dreyfus Affair Matters*. Yale UP, 2009.

Bredin, Jean-Denis. *L'affaire*. Rev. ed., Fayard, 1993.

Carter, Angela. *The Bloody Chamber*. Gollancz, 1979.

Chalon, Jean. *Portrait of a Seductress: The World of Natalie Barney*. Translated by Carol Barko, Crown, 1979.

Chekhov, Anton. "Lady with Lapdog." *"Lady with Lapdog" and Other Stories*, translated by David Magarshack, Penguin, 1964, pp. 264–81.

Echols, Alice. *Daring to be Bad: Radical Feminism in America, 1967–1975*. U of Minnesota P, 1989.

Engelking, Tama Lea. "Decadence and the Woman Writer: Renée Vivien's *Une femme m'apparut*." Holmes and Tarr, pp. 225–37.

———. "Genre and the Mark of Gender: Renée Vivien's 'Sonnet féminin.'" *Modern Language Studies*, vol. 23, no. 4, Autumn 1993, pp. 79–92.

———. "One Hundred Years of 'Imaginary Renée Viviens.'" *Women's Self-Narrative across the Francophone World*, special issue of *Women in French Studies*, 2011, pp. 52–62.

———. "Renée Vivien and the Ladies of the Lake." *Nineteenth-Century French Studies*, vol. 30, nos. 3–4, 2002, pp. 363–80, https://doi.org/10.1353/ncf.2002.0014.

———. "Renée Vivien's Sapphic Legacy: Remembering the 'House of Muses.'" *Atlantis*, vol. 18, nos. 1–2, 1992–93, pp. 125–41.

Foster, Jeannette. *Sex Variant Women in Literature*. Vantage Press, 1956.

Freeman, Elizabeth. *Time Binds: Queer Temporalities, Queer Histories*. Duke UP, 2010.

Fuchs, Rachel G. *Contested Paternity: Constructing Families in Modern France*. Johns Hopkins UP, 2008.

Germain, André. *Renée Vivien*. Crès, 1917.

Gilbert, Sandra, and Susan Gubar. *The Madwoman in the Attic*. Yale UP, 1979.

———. *No Man's Land: The Place of the Woman Writer in the Twentieth Century*. Yale UP, 1988–96. 3 vols.

Goujon, Jean-Paul. *Tes blessures sont plus douces que leurs caresses: Vie de Renée Vivien*. Régine Deforges, 1986.

Gubar, Susan. "Sapphistries." *Signs*, vol. 10, no. 1, Autumn 1984, pp. 43–62.

Hawthorne, Melanie. "Des antécédents américains de Renée Vivien." *Histoires Littéraires*, no. 66, 2016, pp. 69–74.

———. "Behind the Bamboo Screen: Renée Vivien and the Rituals of Self Destruction." *French Review*, vol. 92, no. 4, May 2019, pp. 54–66.

Holmes, Diana, and Carrie Tarr, editors. *A "Belle Époque"? Women in French Society and Culture, 1890–1914*. Berghahn, 2006.

Huas, Jeanine. *L'homosexualité au temps de Proust*. Editions Danclau, 1992.

Inglis, Lucy. *Milk of Paradise: A History of Opium*. Pegasus, 2019.

Jay, Karla. *The Amazon and the Page: Natalie Clifford Barney and Renée Vivien*. Indiana UP, 1988.

Kalifa, Dominique. *La véritable histoire de la Belle Époque*. Fayard, 2017.

Leontis, Artemis. *Eva Palmer Sikelianos: A Life in Ruins*. Princeton UP, 2019.

Lever, Maurice. *Les bûchers de Sodome: Histoire des "infâmes."* Fayard, 1985.

Levy, Gayle A. *Refiguring the Muse*. Peter Lang, 1999.

Lorenz, Paul. *Sappho 1900: Renée Vivien*. Julliard, 1977.

Love, Heather. *Feeling Backward: Loss and the Politics of Queer History*. Harvard UP, 2007.

Merrick, Jeffrey, and Bryant T. Ragan, Jr., editors. *Homosexuality in Modern France*. Oxford UP, 1996.

Merrick, Jeffrey, and Michael Sibalis, editors. "Homosexuality in French History and Culture." *Journal of Homosexuality*, vol. 41, nos. 3–4, 2001.

Moses, Claire Goldberg. *French Feminism in the Nineteenth Century.* State U of New York P, 1985.

Offen, Karen. *European Feminisms, 1700–1950: A Political History.* Stanford UP, 1999.

"Old Apache Chief Geronimo Is Dead." *The New York Times,* 18 Feb. 1909, archive.nytimes.com/www.nytimes.com/learning/general/onthisday/bday/0616.html.

Parker, Sarah. *The Lesbian Muse and Poetic Identity, 1889–1930.* Routledge, 2015.

Perrin, Marie. *Renée Vivien, le corps exsangue: De l'anorexie mentale à la création littéraire.* L'Harmattan, 2003.

Rearick, Charles. *Pleasures of the Belle Epoque: Entertainment and Festivity in Turn-of-the-Century France.* Yale UP, 1986.

Rodriguez, Suzanne. *Wild Heart: A Life: Natalie Clifford Barney's Journey from Victorian American to the Literary Salons of Paris.* HarperCollins, 2002.

Rogers, Juliette M. *Career Stories: Belle Epoque Novels of Professional Development.* Penn State UP, 2008.

Rosello, Mireille. *Infiltrating Culture: Power and Identity in Contemporary Women's Writing.* Manchester UP, 1996.

Rubin, Gayle S. *Deviations: A Gayle Rubin Reader.* Duke UP, 2011.

———. "Introduction to *A Woman Appeared to Me.*" Rubin, *Deviations,* pp. 87–108.

———. "The Traffic in Women: Notes on the 'Political Economy' of Sex." Rubin, *Deviations,* pp. 33–65.

Sanders, Virginie. *"Vertigineusement, j'allais vers les Etoiles . . .": La poésie de Renée Vivien, 1877–1909.* Rodopi, 1991.

Schivelbusch, Wolfgang. *Disenchanted Night: The Industrialization of Light in the Nineteenth Century.* U of California P, 1988.

———. *The Railway Journey: The Industrialization of Time and Space in the Nineteenth Century.* U of California P, 1986.

Schultz, Gretchen, editor. *An Anthology of Nineteenth-Century Women's Poetry from France.* Modern Language Association of America, 2008.

———. *Sapphic Fathers: Discourses of Same-Sex Desire from Nineteenth-Century France.* Toronto UP, 2014.

Scott, Joan Wallach. *Only Paradoxes to Offer: French Feminists and the Rights of Man*. Harvard UP, 1996.

Souhami, Diana. *Wild Girls: Paris, Sappho and Art: The Lives and Loves of Natalie Barney and Romaine Brooks*. Weidenfeld and Nicolson, 2004.

Sternhell, Zeev. *The Roots of Fascist Ideology: From Cultural Rebellion to Political Revolution*. Princeton UP, 1994.

Vivien, Renée. *A Crown of Violets*. Translated by Samantha Pious, Headmistress Press, 2015.

——— [*published as* Paule Riversdale]. *L'être double*. 1904. Edited by Nicolas Berger, Éditions ÉrosOnyx, 2014.

——— [*published as* Pauline Tarn]. *Le langage des fleurs*. Éditions ÉrosOnyx, 2012.

———. *"The Woman of the Wolf" and Other Stories*. Translated by Karla Jay and Yvonne M. Klein, Gay Presses of New York, 1983.

Waelti-Walters, Jennifer. *Feminist Novelists of the Belle Epoque: Love as a Lifestyle*. Indiana UP, 1990.

Weber, Eugen. *France: Fin de Siècle*. Harvard UP, 1986.

Wickes, George. *The Amazon of Letters: The Life and Loves of Natalie Barney*. Putnam, 1976.

Winock, Michel. *La belle époque*. Perrin, 2003.

Woman of the Wolf. Directed by Greta Schiller, featuring Alex Kingston, Jezebel Productions, 1994.

Suggestions for Further Reading

Beer, Thomas. *The Mauve Decade: American Life at the End of the Nineteenth Century*. Knopf, 1926.

Blankley, Elyse. "Return to Mytilène: Renée Vivien and the City of Women." *Women Writers and the City: Essays in Feminist Literary Criticism*, edited by Susan Merrill Squier, U of Tennessee P, 1984, pp. 45–67.

Bonal, Gérard. *Des Américaines à Paris, 1850–1920*. Tallandier, 2017.

Dade, Juliette. "Ineffable Gomorrah: The Performance of Lesbianism in Colette, Proust, and Vivien." *Women in French Studies*, vol. 20, 2012, pp. 9–20.

Holmes, Diana. "From the Pillory to Sappho's Island: The Poetry of Renée Vivien." *French Women's Writing, 1848–1994*, by Holmes, Athlone, 1996, pp. 83–104.

Marcus, Sharon. "Comparative Sapphism." *The Literary Channel: The Inter-national Invention of the Novel*, edited by Margaret Cohen and Carolyn Dever, Princeton UP, 2002, pp. 251–85.

Marks, Elaine. "'Sapho 1900': Imaginary Renée Viviens and the Rear of the Belle Époque." *Yale French Studies*, no. 75, 1988, pp. 175–189.

Maurras, Charles. *Le romantisme féminin*. À la cité des livres, 1926.

Renée Vivien et ses masques. Special issue of *A l'écart*, no. 2, Apr. 1980.

Vicinus, Martha. *Intimate Friends: Women Who Loved Women, 1778–1928*. U of Chicago P, 2004.

Vivien, Renée. *The Muse of the Violets*. Translated by Margaret Porter and Catharine Kroger, Naiad Press, 1977.

———. *A Woman Appeared to Me*. Translated by Jeannette H. Foster, introduction by Gayle Rubin, Naiad Press, 1976.

NOTE ON THE TEXT

This edition of *La dame à la louve* has been guided by the first edition of the work, published in Paris by Alphonse Lemerre in 1904, the only edition to appear during Vivien's lifetime. Other editions appeared posthumously, including one published by Régine Deforges in 1977 as part of a wider rediscovery and reappraisal of Vivien's work during the second wave of the women's movement.[1] More recently, an edition edited by Martine Reid was published by Gallimard in the Folio imprint, in a series of affordable paperbacks ("deux euros") promoting work by women writers.

Vivien herself was a careful reader and editor, and she often made substantial last-minute changes to the proofs of her work. This tendency did not endear her to publishers, but since she paid out of pocket for their work, they accommodated her. The many emendations to the final proofs of *La dame à la louve* (in the possession of Imogen Bright, Vivien's great-niece) offer insights into how Vivien worked. Specifically, Nicole Albert and Brigitte Rollet have suggested that they allow us to judge "du travail en profondeur que Vivien réservait à ses oeuvres, débusquant la moindre coquille" (197).

Since a revised edition never appeared during Vivien's lifetime, there is no way to know what, if anything, the author might have revised further. Thus, certain editorial choices have been made here as to punctuation (including the conversion of guillemets to quotation marks) when the original French text failed to provide a clear guide. This is not to detract from Vivien's general punctiliousness. As Albert and Rollet go on to observe, Vivien's perfectionism allows us to see "dans ce domaine comme dans d'autres, son insatisfaction permanente" (197). It is a fitting reminder that no one can ever expect to have the last word on Vivien, but also an incentive to continue to try to do justice to her work.

Note

1. See "Relecture" for a radio program first broadcast by France Culture in 1978 at around the time of this moment of reassessment.

Works Cited

Albert, Nicole G., and Brigitte Rollet, editors. *Renée Vivien: Une femme de lettres entre deux siècles, 1877–1909*. Champion, 2012.

"Relecture: Relecture Renée Vivien." 27 Dec. 1978. *France Culture*, 14 June 2016, franceculture.fr/emissions/les-nuits-de-france-culture/ relecture-relecture-renee-Vivien-1ere-diffusion-27121978.

Vivien, Renée. *La dame à la louve*. Alphonse Lemerre, 1904.

———. *La dame à la louve*. Régine Deforges, 1977.

———. *La dame à la louve*. Edited by Martine Reid, Gallimard, 2007.

RENÉE VIVIEN

La dame à la louve

La dame à la louve

Conté par M. Pierre Lenoir, 69, rue des Dames, Paris

Je ne sais pourquoi j'entrepris de faire la cour à cette femme. Elle n'était ni belle, ni jolie, ni même agréable. Et moi (je le dis sans fatuité, mesdames), on a bien voulu quelquefois ne pas me trouver indifférent. Ce n'est pas que je sois extraordinairement doué par la Nature au physique ni au moral: mais enfin, tel que je suis—l'avouerai-je?—j'ai été très gâté par le sexe.[1] Oh! rassurez-vous, je ne vais pas vous infliger un vaniteux récit de mes conquêtes. Je suis un modeste. Au surplus, il ne s'agit point de moi en l'occurrence. Il s'agit de cette femme, ou plutôt de cette jeune fille, enfin de cette Anglaise dont le curieux visage m'a plu pendant une heure.

C'était un être bizarre. Lorsque je m'approchai d'elle pour la première fois, une grande bête dormait dans les plis trainants de sa jupe. J'avais aux lèvres ces paroles aimablement banales qui facilitent les relations entre

---

1. "Le sexe" is understood to refer to "the female sex." The locution underscores the fact that being male is the unmarked term in the male/female binary; it passes unremarked, whereas femaleness carries the mark of sex or gender: it is *the* sex.

étrangers. Les mots ne sont rien en pareil cas, l'art de les prononcer est tout....

Mais la grande bête, dressant le museau, grogna d'une manière sinistre, au moment même où j'abordai l'intéressante inconnue.

Malgré moi, je reculai d'un pas.

"Vous avez là un chien bien méchant, mademoiselle," observai-je.

"C'est une louve," répondit-elle avec quelque sécheresse.[2] "Et, comme elle a parfois des aversions aussi violentes qu'inexplicables, je crois que vous feriez bien de vous eloigner un peu."

D'un appel sévère elle fit taire la louve: "Helga!"

Je battis en retraite, légèrement humilié. C'était là une sotte histoire, avouez-le. Je ne connais point la peur, mais

---

2. There are many symbolic associations with wolves, not least the image of the "lone wolf" outcast, but France also has a widespread tradition concerning a folkloric figure known as the *meneur de loups*, or leader of the wolf pack. This person is traditionally a wild or backwoods man with an almost supernatural hold over wolves (he is sometimes represented as a magician or even a werewolf). One popular fictional example can be found in Alexandre Dumas's *Le meneur de loups* (an English translation appeared in 1904, the same year as *La dame à la louve*), but there are many others. Here, the popular superstition merges with the fin de siècle image of the femme fatale to produce a terrifying image of female power combined with animal instincts and appetites. The French novelist Rachilde published a further twist on this theme in 1905 with her historical novel *Le meneur de louves*, in which it is the wolves themselves that are feminized. For more on French wolf mythology, see Jay M. Smith.

je hais le ridicule. L'incident m'ennuyait d'autant plus que
j'avais cru surprendre dans les yeux de la jeune fille une
lueur de sympathie. Je lui plaisais certainement quelque
peu. Elle devait etre aussi dépitée que moi de ce contre-
temps regrettable. Quelle pitié! Une conversation dont le
début promettait si bien!...

Je ne sais pourquoi l'affreux animal cessa plus tard ses
manifestations hostiles. Je pus approcher sans crainte de
sa maîtresse. Jamais je n'ai vu de visage aussi étrange.
Sous ses lourds cheveux d'un blond à la fois ardent et
terne, pareils à des cendres rousses, blémissait la pâleur
grise du teint. Le corps emacié avait la délicatesse fine et
frêle d'un beau squelette.[3] (Nous sommes tous un peu
artistes à Paris, voyez-vous.) Cette femme dégageait
une impression d'orgueil rude et solitaire, de fuite et
de recul furieux. Ses yeux jaunes ressemblaient à ceux
de sa louve. Ils avaient le même regard d'hostilité sournoise. Ses pas étaient tellement silencieux qu'ils en de-
venaient inquiétants. Jamais on n'a marché avec si peu
de bruit. Elle était vêtue d'une étoffe epaisse, qui ressemblait à une fourrure. Elle n'était ni belle, ni jolie, ni
charmante. Mais, enfin, c'était la seule femme qui fût
à bord.

---

3. Anorexia is thought to be one of the causes (along with alcohol-
ism and drug abuse) of Renée Vivien's early death in 1909.

Je lui fis donc la cour. J'observai les règles les plus soli-
dement étayées sur une expérience déjà longue. Elle eut
l'habileté de ne point me laisser voir le plaisir profond
que lui causaient mes avances. Elle sut même conserver
à ses yeux jaunes leur habituelle expression défiante. Admirable exemple de ruse féminine! Cette manœuvre eut
pour unique résultat de m'attirer plus violemment vers
elle. Les longues résistances vous font quelquefois l'effet
d'une agréable surprise, et rendent la victoire plus ecla-
tante.... Vous ne me contredirez pas sur ce point, n'est-ce
pas, messieurs? Nous avons tous à peu pres les mêmes
sentiments. Il y a entre nous une fraternité d'âme si com-
plète qu'elle rend une conversation presque impossible.
C'est pourquoi je fuis souvent la monotone compagnie
des hommes, trop identiques à moi-même.

Certes, la Dame à la louve m'attirait. Et puis, dois-je
le confesser? cette chasteté contrainte des geôles flot-
tantes exaspérait mes sens tumultueux. C'était une
femme.... Et ma cour, jusque-là respectueuse, devenait
chaque jour plus pressante. J'accumulais les métaphores
enflammées. Je développais élégamment d'éloquentes
périodes.

Voyez jusqu'où allait la fourbe de cette femme! Elle
affectait, en m'écoutant, une distraction lunaire. On eût
juré qu'elle s'intéressait uniquement au sillage d'écume,
pareil à de la neige en fumée. (Les femmes ne sont point

insensibles aux comparaisons poétiques.) Mais moi qui étudie depuis longtemps la psychologie sur le visage féminin, je compris que ses lourdes paupières baissées cachaient de vacillantes lueurs d'amour.

Un jour je payai d'audace, et voulus joindre le geste flatteur à la parole délicate, lorsqu'elle se tourna vers moi, d'un bond de louve.

"Allez-vous en," ordonna-t-elle avec une décision presque sauvage. Ses dents de fauve brillaient étrangement sous les lèvres au menaçant retroussis.

Je souris sans inquiétude. Il faut avoir beaucoup de patience avec les femmes, n'est-ce pas? et ne jamais croire un seul mot de ce qu'elles vous disent.[4] Quand elles vous ordonnent de partir, il faut demeurer. En vérité, messieurs, j'ai quelque honte à vous resservir des banalités aussi piètres.

Mon interlocutrice me considérait de ses larges prunelles jaunes.

"Vous ne m'avez pas devinée. Vous vous heurtez stupidement à mon invincible dédain. Je ne sais ni haïr ni aimer. Je n'ai jamais rencontré un être humain digne de ma haine. La haine, plus patiente et plus tenace que l'amour, veut un grand adversaire."

---

4. This story offers an early example of a woman's challenge to the widespread belief that "no means yes" when it comes to the seduction of women.

Elle caressa la lourde tête d'Helga, qui la contemplait avec de profonds yeux de femme.

"Quant à l'amour, je l'ignore aussi complètement que vous ignorez l'art, élémentaire chez nous autres Anglo-Saxons, de dissimuler la fatuité inhérente aux mâles. Si j'avais été homme, j'aurais peut-être aimé une femme. Car les femmes possèdent les qualités que j'estime: la loyauté dans la passion et l'oubli de soi dans la tendresse. Elles sont simples et sincères pour la plupart. Elles se prodiguent sans restriction et sans calcul. Leur patience est inlassable comme leur bonté. Elles savent pardonner. Elles savent attendre. Elles possèdent cette chasteté supérieure: la constance."[5]

Je ne manque point de finesse, et sais comprendre à demi-mot. Je souris avec intention devant cette explosion d'enthousiasme. Elle m'effleura d'un regard distrait qui me devina.

"Oh! vous vous trompez étrangement. J'ai vu passer des femmes très généreuses d'esprit et de cœur. Mais je ne me suis jamais attachée à elles. Leur douceur même les éloignait de moi. Je n'avais point l'âme assez haute

5. This speech by the Woman sums up some of the attitudes held by Vivien and her feminist contemporaries about women: they are not simply equal to men; they are better because more moral. This was one of the arguments advanced by women's suffrage movements at the time.

pour ne pas m'impatienter devant leur excès de candeur et de dévouement."

Elle commence à m'ennuyer avec ses dissertations prétentieuses. Prude et bas-bleu autant que chipie!... Mais elle était la seule femme à bord.... Et puis elle n'arborait ces airs de supériorité qu'afin de rendre plus précieuse sa capitulation prochaine.

"Je n'ai d'affection que pour Helga. Et Helga le sait. Quant à vous, vous êtes sans doute un bon petit jeune homme, mais vous ne pouvez vous douter à quel point je vous méprise."

Elle voulait, en irritant mon orgueil, exacerber mon désir. Elle y réussissait, la coquine! J'étais rouge de colère et de convoitise.

"Les hommes qui s'empressent autour de femmes, n'importe lesquelles, sont pareils aux chiens qui flairent des chiennes."

Elle me jeta un de ses longs regards jaunes.

"J'ai si longtemps respiré l'air des forêts, l'air vibrant de neige, je me suis si souvent mêlée aux Blancheurs vastes et désertes, que mon âme est un peu l'âme des louves fuyantes."

À la fin, cette femme m'effrayait. Elle s'en aperçut, et changea de ton.

"J'ai l'amour de la netteté et de la fraîcheur," continua-t-elle en un rire léger. "Or, la vulgarité des

hommes m'éloigne ainsi qu'un relent d'ail, et leur mal-
propreté me rebute à l'égal des bouffées d'égouts.
L'homme," insista-t-elle, "n'est véritablement chez lui que
dans une maison de tolérance. Il n'aime que les courti-
sanes. Car il retrouve en elles sa rapacité, son inintelli-
gence sentimentale, sa cruauté stupide. Il ne vit que pour
l'intérêt ou pour la débauche. Moralement, il m'écœure;
physiquement, il me répugne.... J'ai vu des hommes embrasser des femmes sur la bouche en se livrant à des tri-
potages obscènes. Le spectacle d'un gorille n'aurait pas
été plus repoussant."

Elle s'arrêta une minute.

"Le plus austère législateur n'échappe que par miracle
aux fâcheuses conséquences des promiscuités charnelles
qui hasardèrent sa jeunesse. Je ne comprends pas que la
femme la moins délicate puisse subir sans haut-le-cœur
vos sales baisers. En vérité, mon mépris de vierge égale
en dégoût les nausées de la courtisane."

Décidément, pensai-je, elle exagère son rôle, pourtant
très bien compris. Elle exagère.

(Si nous étions entre hommes, messieurs, je vous dirais
que je n'ai pas toujours méprisé les maisons publiques et
que j'ai même ramassé maintes fois,[6] sur le trottoir, de

---

6. A *maison publique* in this sense is a brothel. It should not be con-
fused with the British sense of a public house, or pub, as a place to
consume alcohol.

piteuses grues.[7] Cela n'empêche pas les Parisiennes d'être plus accommodantes que cette sainte-nitouche.[8] Je ne suis nullement fat, mais enfin il faut avoir la conscience de sa valeur.)

Et, jugeant que l'entretien avait assez duré, je quittai fort dignement la Dame à la Louve. Helga, sournoise, me suivit de son long regard jaune.

... Des nuées aussi lourdes que des tours se dressaient à l'horizon. Au-dessous d'elles, un peu de ciel glauque serpentait, comme une douve. J'avais la sensation d'être écrasé par des murailles de pierre....

---

7. There were several classes of prostitutes in French society at the turn of the century. The elite were the courtesans (or *grandes horizontales*) who provided escort services for the nobility in return for a lavish lifestyle. Renée Vivien knew some of these personally. For example, just before she met Natalie Barney, the latter had had a well-publicized affair with one of the most famous, Liane de Pougy, who recorded the liaison in a roman à clef, *Idylle saphique*. Prostitutes who worked in a "house" (a *maison close*) had the advantage of having a roof over their head, a community, and often both medical attention and police protection (although they could not count on long-term job security or retirement benefits). Prostitutes who worked in the streets, nicknamed *grues*, or "cranes" (because, like the bird, they often stood on one leg while waiting long hours), were at the bottom of the scale. There was a further distinction between women who worked for pimps and those who tried to go it alone (*les insoumises*). The latter had even less protection from exploitation by pimps, cheating or abuse from clients, harassment by police, and extortion, and had little control over working conditions. See Laure Adler and Luc Sante, especially chapter 7, "Le Business" (111–34).

8. "Sainte-nitouche" puns on the idea of touching ("n'y touche") to convey the idea of excessive virtue linked to religious scruples.

Et le vent se levait....

Le mal de mer m'étreignit.... Je vous demande pardon
de ce détail peu élégant, mesdames.... Je fus horriblement
indisposé.... Je m'endormis enfin vers minuit, plus lamen-
table que je ne saurais vous le dire.

Sur les deux heures du matin, je fus réveillé par un
choc sinistre, suivi d'un broiement plus sinistre encore....
Des ténèbres se dégageait une épouvante inexprimable.
Je me rendis compte que le navire venait de toucher un
écueil.[9]

---

9. The infamous sinking of the *Titanic* ocean liner after it struck
an iceberg would not occur until 1912, three years after Vivien's death,
but disasters at sea were not unknown in her own time. On 4 July 1898,
for example, the French packet boat *La Bourgogne* collided with the
British ship *Cromartyshire* not far from Halifax, Nova Scotia, in a thick
fog, destroying half of the *Bourgogne*'s lifeboats in the process. In 1886,
the *Bourgogne* had set a speed record for crossing the Atlantic, but this
reputation proved to be its downfall: at the time of the accident, it was
later determined, the ship was traveling at full speed despite the limited visibility. Most of the passengers were still in bed at the time of
the collision, roughly 5:00 a.m. (which is perhaps why almost none in
first class survived), and the ship sank, taking 549 lives in the process.
At first the *Cromartyshire* did not realize what had happened, but once
the fog began to lift (at around 5:30), it began to render assistance. Of
the 173 survivors of the disaster, fewer than 70 were passengers (out of
506); the remainder were crew members (over 100 survivors out of a
crew of 220). Sensationalist newspaper accounts made much of this, re-
porting that the crew not only failed to help passengers escape but even
at times assaulted them, so that the crew members who later made it
to New York needed police protection from the outraged public who
greeted them.

Pour la première fois de ma vie, je négligeai ma toilette. J'apparus sur le pont en un costume fort sommaire. Une foule confuse d'hommes demi-nus s'y bousculait déjà.... Ils détachaient en toute hâte les canots de sauvetage.

En voyant ces bras et ces jambes poilus et ces poitrines hirsutes, je ne pus m'empêcher de songer, non sans un sourire, à une phrase de la Dame à la Louve: *"Le spectacle d'un gorille n'aurait pas été plus repoussant...."*

Je ne sais pourquoi, ce futile souvenir me railla, au milieu du commun danger.

Les vagues ressemblaient à de monstrueux volcans enveloppés de fumées blanches. Ou plutôt, non, elles ne ressemblaient à rien. Elles étaient elles-mêmes, magnifiques, terribles, mortelles.... Le vent soufflait sur cette colère démesurée et l'exaspérait encore. Le sel mordait mes paupières. Je grelottais sous l'embrun, ainsi que sous une bruine. Et le fracas des flots abolissait en moi toute pensée.

La Dame à la Louve était là plus calme que jamais. Et moi, je défaillais de terreur. Je voyais la Mort dressée devant moi. Je la touchais presque. D'un geste hébété je tâtai mon front, où je sentais, affreusement saillants, les os du crâne. Le squelette en moi m'épouvantait. Je me mis à pleurer, stupidement....

Je serais une chair bleue et noire, plus gonflée qu'une outre rebondie. Les requins happeraient par-ci, par-là, un de mes membres disjoints. Et, lorsque je descendrais au fond des flots, des crabes grimperaient obliquement le long de ma pourriture et s'en repaîtraient avec gloutonnerie....

Le vent soufflait sur la mer....

Je revis le passé. Je me repentis de ma vie imbécile, de ma vie gâchée, de ma vie perdue. Je voulus me rappeler un bienfait accordé par distraction ou par mégarde. Avais-je été bon à quelque chose, utile à quelqu'un? Et ma conscience obscure cria en moi, effroyable comme une muette qui aurait recouvré miraculeusement la parole:

"Non!"

Le vent soufflait sur la mer....

Je me souvins vaguement des paroles saintes qui exhortaient au repentir et qui promettaient, à l'heure de l'agonie même, le salut du pêcheur contrit. Je tâchai de retrouver au fond de ma mémoire, plus épuisée qu'une coupe vide, quelques mots de prière.... Et des pensées libidineuses vinrent me tourmenter, pareilles à de rouges diablotins. Je revis les lits souillés des compagnes de hasard. J'entendis de nouveau leurs appels stupidement obscènes. J'evoquai les étreintes sans amour. L'horreur du Plaisir m'accabla....

Devant l'effroi de l'Immensité Mystérieuse, il ne survivait plus en moi que l'instinct du rut, aussi puissant chez quelques-uns que l'instinct de la conservation. C'était la Vie, la laideur et la grossièreté de la Vie qui bramaient en moi une protestation féroce contre l'Anéantissement....

Le vent soufflait sur la mer....

On a de drôles d'idées à ces moments-là, tout de même.... Moi, un très honnête garcon, en somme, estimé de tout le monde, excepté de quelques jaloux, aimé même de quelques-unes, me reprocher aussi amèrement une existence qui ne fut ni pire ni meilleure que celle de tout le monde!... Je dus avoir une passagère folie. Nous étions tous un peu fous, du reste....

La Dame à la Louve, très calme, regardait les flots blancs.... Oh! plus blancs que la neige au crépuscule! Et, assise sur son derrière, Helga hurlait comme une chienne. Elle hurlait lamentablement, comme une chienne à la lune... Elle *comprenait*....

Je ne sais pourquoi ces hurlements me glacèrent plus encore que le bruit du vent et des flots... Elle hurlait à la mort, cette sacrée louve du diable! Je voulus l'assommer pour la faire taire, et je cherchai une planche, un espar, une barre de fer, quelque chose enfin pour l'abattre sur le pont.... Je ne trouvai rien....

Le canot de sauvetage était enfin prêt à partir. Des hommes bondirent furieusement vers le salut. Seule, la Dame à la Louve ne bougea point.

"Embarquez-vous donc," lui criai-je en m'installant à mon tour.

Elle s'approcha sans hâte, suivie d'Helga.

"Mademoiselle," intervint le lieutenant qui nous commandait tant bien que mal, "nous ne pouvons prendre cette bête avec nous. Il n'y a de places ici que pour les gens."

"Alors, je reste," dit-elle avec un recul....

Des affolés se precipitaient, poussant des cris incohérents. Nous dûmes la laisser s'éloigner.[10]

---

10. In cases of disaster, the saying "Women and children first" would normally be a guiding principle in theory. In this instance, we know that there are no children on board, and there is only one woman, but chivalry would dictate that concern for her safety should have been one of the men's first thoughts. The self-interested behavior of the terror-stricken men on Pierre's ship belies such chivalry, however. In the case of the *Bourgogne* shipwreck (see note above), none of the children on board survived, and only one woman survived out of some 300, but in that instance, concern about the gender ratio of survivors was eclipsed by the scandal surrounding the ratio of crew members to passengers. Outrage over men's failure to protect women was stoked, however, by a domestic, land-based catastrophe that took place the same year as the sinking of the *Bourgogne*. Vivien's readers in belle epoque Paris may well have recalled the recent terrible fire at the Bazar de la Charité in 1897, when a temporary wooden structure built to house an annual charity event patronized by the aristocracy suddenly went up in flames. The event was a shock to the public, not only because of the high number of deaths from the elite classes

Quant à moi, je ne pouvais véritablement pas m'embarrasser d'une semblable peronnelle. Et puis elle avait été si insolente à mon égard! Vous comprenez cela, n'est-ce pas, messieurs? Vous n'auriez pas agi autrement que moi.

Enfin, j'étais sauvé, ou à peu près. L'aurore s'était levée, et quelle aurore, mon Dieu! C'était un grelottement de lumière transie, une stupeur grise, un grouillement d'êtres et de choses larvaires dans un crépuscule de limbes....

Et nous vîmes bleuir la terre lointaine....

Oh! la joie et le réconfort d'apercevoir le sol accueillant et sûr!... Depuis cette horrible expérience, je n'ai fait qu'un seul voyage sur mer, pour revenir ici. On ne m'y reprendra plus, allez!

Je dois être très peu égoiste, mesdames. Au milieu de l'incertitude indicible où je me débattais, et quoique à grand'peine échappé à la Destruction, j'eus encore le courage de m'intéresser au sort de mes compagnons

---

but also because so many men had saved themselves without helping women and children escape the blaze. The fire claimed 125 victims, of whom 120 were women. Of the 5 male victims, 2 were elderly men and 2 were children (aged 4 and 11). The flower of French manhood escaped unscathed, and stories in the press circulated about men who even used their canes to knock women aside in order to escape (see Datta). Among other things, the event challenged the argument that women were protected by men and therefore did not need social and political rights.

d'infortune. Le second canot avait été submergé par l'assaut frénétique d'un trop grand nombre de déments. Avec horreur je le vis sombrer.... La Dame à la Louve s'était réfugiée sur un mât brisé, épave flottante, ainsi que la bête soumise.... J'eus la certitude que, si les forces et l'endurance de cette femme ne la trahissaient point, elle pourrait etre sauvée. Je le souhaitai de tout mon cœur.... Mais le froid, la lenteur et la fragilité de cette embarcation improvisée, sans voiles et sans gouvernail, la fatigue, la faiblesse féminine!

... Elles étaient à une courte distance de la terre, lorsque la Dame, épuisée, se tourna vers Helga, comme pour lui dire: "Je suis à bout ..."

Et voici que se passa une chose douloureuse et solennelle. La louve, *qui avait compris*, prolongea vers la terre proche et inaccessible son hurlement de désespoir.... Puis, se dressant, elle posa ses deux pattes de devant sur les épaules de sa maîtresse, qui la prit entre ses bras.... Toutes deux s'abîmèrent dans les flots....

LA SOIF RICANE

Conté par Jim Nicholls

"Quel étrange coucher de soleil!" dis-je à Polly.
Nous cheminions sur nos mulets accablés de lassitude
et de chaleur.

"Imbécile!" grommela ma compagne. "Tu ne vois
donc pas que la lueur est à l'est."

"Ce serait l'aurore, dans ce cas-là. Je dois être saoûl. Et,
pourtant, je n'ai pas bu de la journée."

La marche somnolente des mulets berçait agréable-
ment mes songes.

Nous étions en pleine prairie…. Devant nous, un désert d'herbe pâle. Derrière nous, un océan d'herbe pâle.
Autour de nous rôdait la Soif. Je voyais remuer ses lèvres
sèches. J'entendais ses grelottements de fièvre. Polly, la
garce aux cheveux de paille, ne la voyait point, ce qui,
d'ailleurs, n'a rien d'étonnant. Polly n'a jamais pu voir
plus loin que le bout de son nez rouge de grand air et de
soleil.

Je me retournai sur ma selle, en tirant avec force les
rênes.

"Pourquoi t'arrêtes-tu?" me demanda Polly.

"Je regarde la Soif. Sa robe est grise comme l'herbe sèche là-bas. Elle grimace. Elle ricane. Les contorsions de sa carcasse me font peur. Elle est bien laide, la Soif."[1]

Polly haussa lourdement ses lourdes épaules.

"Tu es fou, Jim. Il n'y a que les nigauds de ton espèce pour avoir comme ça des cauchemars en plein jour."

Je l'aurais volontiers fait taire d'un coup de pied ou de poing, mais des expériences réitérées et douloureuses m'avaient persuadé que la vigueur physique de Polly surpassait de beaucoup la mienne. Je n'avais sur elle qu'une vague supériorité mentale. Et encore! Le bon sens de ma compagne m'a souvent tiré d'un mauvais pas, ce que n'auraient pu faire mes divagations de songe-creux.

J'ai reçu de l'instruction, c'est vrai; mais à quoi sert l'instruction dans les prairies? Un bon revolver vaut mieux là-bas.

Les cheveux de Polly flamboyaient implacablement sous la lumière. J'eus envie de la scalper, comme font mes amis et adversaires les Indiens, afin d'éclabousser de sang cette tignasse blonde.[2] Pourquoi? Je ne sais pas. Ce

---

1. The fact that the noun *soif* ("thirst") is grammatically feminine means that when Jim personifies it, he is predisposed to think of it as female.

2. It may be useful to consider the experience of Vivien's mother growing up in the "frontier" town of Jackson, Michigan, where a child

sont des idées qui vous viennent, comme cela, dans les prairies.

Je regardai ses joues brunies, qui ressemblaient à deux pommes cuites. J'ignore pourquoi je me souvins à ce moment d'un mince visage très pâle que j'avais aimé autrefois. J'évoquai l'ombre d'une maisonnette, la fraîcheur des persiennes closes et les belles paupières de celle qui lisait. Comme elle était charmante, les paupières baissées! J'adorais l'ombre des cils sur les joues blanches. Ah!... Je ne connaissais point alors le métier de coureur de prairies. Je n'avais point rencontré la garce aux cheveux de paille.

Pourquoi ai-je quitté la maisonnette pleine d'ombre et de la lumière verte des volets clos? Je ne sais pas.

Je ne sais pas non plus si l'étrange petite fille qui lisait pendant de longues heures est vivante ou morte. Je crois qu'elle doit être morte, parce que j'ai parfois un si grand vide au cœur!

Mais je ne suis sûr de rien.

Ça vous dérange un peu les idées, d'avoir vu de près la Soif qui rôde dans les prairies.

J'ai choisi pour ma compagne de route cette Polly que j'exècre, ou plutôt elle m'a choisi pour compagnon. Je

---

was abducted by Indians (or so it was claimed in the press) in 1837. See Hawthorne, "Des antécédents américains."

finirai par la tuer un jour. Cela, je le sais. Je la hais parce qu'elle est vigoureusement saine, et que je suis, moi, un fiévreux débile. Elle est plus hardie et plus solide qu'un mâle. Elle m'enverrait rouler à dix mètres d'une chiquenaude. C'est d'ailleurs une bonne géante, quand elle n'a pas trop bu. Mais, voilà! Elle se saoûle volontiers. Peut-être a-t-elle peur, elle aussi, de la Soif qui nous guette tous les deux.

Je hasardai une réflexion au cours du chemin.

"Il y aura sûrement de l'orage avant peu, Polly, ma fée, ma chimère."

"Idiot!" souffla-t-elle avec conviction. "Laisse-moi donc tranquille. Tu ne dis jamais que des choses sottes. Bien sûr qu'il y aura de l'orage avant peu. Ça se voit et ça se sent, et je n'aime pas les mots inutiles."

"Ô ma douceur admirable, ta sagesse est aussi bienveillante que profonde."

Elle ne daigna point me répondre. Je finirai sûrement par la tuer un jour. Je n'aurai jamais la force de l'étrangler; mais je lui tirerai dans le dos un bon coup de revolver. Comme ça, ce sera fini et je ne penserai plus à elle. Peut-être que la Soif s'éloignera de moi, quand je l'aurai abreuvée de sang. Qui sait?

… L'aurore surnaturelle augmentait d'intensité…. Nous nous arrêtâmes, le soir venu. Polly me versa, de sa gourde à la panse rebondie, une goutte d'eau-de-feu.

Je bus à sa mort prochaine. Tout à coup la garce s'arrêta de boire.

Cela m'étonna un peu. Seule, une chose extraordinaire pouvait distraire ainsi Polly de l'extrême satisfaction que lui procurait sa boisson favorite.

"Qu'est-ce que tu as?" lui demandai-je avec un affectueux intérêt.

Polly n'aime point en effet les mots inutiles. Je lui rends volontiers cette justice. Les longues marches au soleil l'ont rendue taciturne. C'est bien la compagne qu'il faut à un homme de la prairie.... Elle me montra simplement quelques cendres mêlées à l'herbe grise.

Je compris sa pensée. Mes yeux se tournèrent instinctivement vers l'aube étrange qui rougeoyait à l'Est. Mais une petite colline m'empêchait de voir ce qui se passait là-bas.

Polly mâcha un sourd juron.... Mes genoux fléchirent sous moi. Elle me toisa de son regard dédaigneux, et, me quittant sans une parole, elle se mit en devoir de gravir la colline.

Je la suivis, par crainte de la solitude, plus odieuse encore que la présence de cette compagne détestée.

Arrivés au sommet, nous haletâmes....

Du Nord au Sud, l'horizon n'était qu'un brasier....

Le feu dans la prairie!

Un vent de flamme, qui arrive sur vous avec la vélocité du semoun et du sirocco, qui balaie en un clin d'œil le désert d'herbes sèches.[3] Et rien sur son passage qui puisse l'arrêter!

Je grelottais, comme un malade qui meurt de la fièvre.... Polly, elle, n'avait point peur.

J'oubliai un peu mon angoisse, dans la rage de ne pas la voir claquer des dents. Sa terreur aurait presque rasséréné mon propre effroi. Mais elle est brave, beaucoup plus brave que je ne le suis. Elle ne pâlissait point, parce que rien au monde, ni la mort, ni la trompette du Jugement dernier, ne la ferait pâlir.... Elle est, d'ailleurs, de complexion rougeaude. Moi, j'étais plus jaune qu'une guinée.

Nous retournâmes en toute hâte vers notre camp improvisé, où nous avions laissé paître nos mules, qu'une crainte rendait ombrageuses.

La brise du soir poussait vers nous l'ouragan de flammes.

Je ne crains pas la mort, mais la douleur m'épouvante. La perspective d'être rôti vivant me tenaillait de façon suraiguë. Polly elle-même avait l'air grave, quoique ses nerfs soient plus robustes que des tendons de bœuf.

---

3. The simoom (from Arabic; here, "semoun") is a dry, dusty wind that blows in the deserts of the Middle East, while the sirocco is a Mediterranean wind that blows from the Sahara. Both can be strong and life-threatening.

… Rôtis vivants dans la prairie!…

Le feu s'avançait, comme un immense éclair. Je m'étonnai de la rapidité de sa course. Encore quelques minutes, et nous serions calcinés tous les deux. Encore quelques minutes, et…

… C'était beau quand même, cette trombe de flammes. C'était plus beau que le soleil. Jamais je n'ai vu quelque chose d'aussi magnifique…. C'était si merveilleusement splendide que je tombai à genoux, et que je tendis mes deux bras vers le Feu, en riant comme les petits enfants et les idiots.

Je vous répète que c'était aussi effroyable que superbe, et que j'en devins presque fou. C'était trop beau pour les yeux d'un homme. Dieu seul pouvait regarder cet embrasement en face sans en mourir ou en perdre la raison.

Mais Polly, qui n'a pas plus d'âme que mes mules, ne comprit point et regarda sans voir. Elle ne s'étonne de rien, elle n'admire rien….

Je la haïssais de ne point avoir peur. Oh! comme je la haïssais!… Je la hais férocement, parce qu'elle est plus forte et plus vaillante que moi…. Je la hais, comme une femme exècre l'homme qui la domine. Je finirai certes par la tuer un jour, pour le plaisir de la vaincre, tout simplement….

"Ne perdons point de temps," dit avec résolution Polly. Elle avait sa voix de tous les jours, ni plus haute ni plus basse d'un demi-ton. (Oh! comme je la haïssais d'être si calme!) Elle s'accroupit, et, en un clin d'œil, elle mit le feu à l'herbe devant elle.

Je crus pendant une seconde qu'elle était devenue folle, elle aussi. Et je hurlai de joie, semblable à un Indien qui se venge.

Elle ne se troubla point. Elle était habituée à mon humeur fantasque. Elle me méprisait trop pour me craindre.

"Le feu combattra le feu, Jim."

Nous nous reculâmes. Notre feu brillait posément, tel le bon feu des foyers paisibles. L'autre feu, nourri de milliers de lieues d'herbe dévorée, s'avançait pareil à une vague océanique de lumière et de bruit.

… Je fermai les yeux, ivre de fumée…. Quand je les rouvris, deux heures après, tout était noir autour de nous. C'étaient des ruines d'incendie. La fournaise s'était miraculeusement éteinte.

Le Feu avait vaincu le Feu.

Polly s'était campée fièrement devant moi, les poings aux hanches. Ce qui me rendait furieux, c'est qu'elle n'avait pas eu peur pendant une seule seconde.

Elle n'aura pas peur davantage le jour où je la tuerai, parce qu'elle ne craint pas la mort. Elle ne craint pas Dieu non plus….

Elle me regardait sans broncher.

"Comme tu es lâche!" dit-elle dédaigneusement.

LE PRINCE CHARMANT

Conté par Gesa Karoly[1]

Je vous ai promis, ô petite curieuse, de vous conter l'histoire véritable de Saroltâ Andrassy. Vous l'avez connue, n'est-ce pas? Vous vous souvenez de ses cheveux noirs, aux reflets bleus et roux, et de ses yeux d'amoureuse, suppliants et mélancoliques.

Saroltâ Andrassy vivait à la campagne avec sa vieille mère. Elles avaient pour voisins les Szécheny, qui venaient de quitter définitivement Buda-Pesth.[2] Une

---

1. The story is set in Hungary and told by a Hungarian. It is usual in Hungarian culture to state the family name before a person's given name, but it is difficult to tell whether Vivien does so here, since both Karoly and Gesa can be boys' first names. Karoly is the Hungarian cognate of Charles or Karl, but to those who don't know Hungarian, it may look like the traditionally feminine name Carole, thereby encoding gender confusion in the very source of the tale. The fact that Hungarian does not belong to a dominant European language group (such as the Romance or Germanic languages) and is opaque to many Europeans helps Vivien establish a sense of mystery in this story.

2. Budapest, as the capital of Hungary is now known, was originally two separate cities (Buda and Pest, or Pesth), one on each side of the Danube river, that grew together and merged. At the turn of the century, Hungary was part of a world superpower, the Austro-Hungarian Empire. (It would be wiped off the map by World War I.) Yet there was a persistent perception in western Europe that the

bizarre famille, en vérité! On aurait pu prendre Béla Szécheny pour une petite fille, et sa sœur Terka pour un jeune garçon.[3] Chose curieuse, Béla possédait toutes les vertus féminines et Terka tous les défauts masculins. Les cheveux de Béla étaient d'un blond vert, ceux de Terka, plus vivants, d'un blond rose. Le frère et la sœur se ressemblaient étrangement—cela est très rare entre gens de la même famille, quoi qu'on en dise.

La mère de Béla ne se résignait pas encore à couper les belles boucles blondes du petit garçon et à échanger ses gracieuses jupes de mousseline ou de velours contre une vulgaire culotte.[4] Elle le choyait comme une fillette.

---

eastern parts of the empire were more primitive and "backward" than the West (such as cosmopolitan Vienna, the capital of Austria). For example, in Bram Stoker's *Dracula* of 1897, Jonathan Harker sets off from Vienna to travel to the Carpathian mountains in eastern Europe, and the further east he travels, the further back in time he seems to go. This establishes Transylvania as a credible place to be attacked by vampires, an ancient species that has evaded detection in the more "enlightened" West.

    3. The name Bela, though commonly given to Hungarian boys, invites readers to see it as a cognate of Bella, a word that means "beautiful" in Italian and was familiar as a name or nickname for girls.

    4. It was common in Vivien's day to make little distinction in appearance between boys and girls in the early years of their lives. Until the age of about six or seven (the age varied), boys wore a garment that resembled a dress (easier for toilet training), and their hair remained uncut, growing into long curls. When the time came to put them in their first pair of pants, an event known in England and America as "breeching" (because *breeches* was another name for pants or trousers),

Quant à Terka, elle poussait à sa guise, pareille à une herbe sauvage.... Elle vivait au grand air, grimpant sur les arbres, maraudant, pillant les jardins potagers, insupportable et en guerre avec tout le monde. C'était une enfant sans tendresse et sans expansion. Béla, au contraire, était la douceur même. Son adoration pour sa mère se manifestait par des câlineries et des caresses incessantes. Terka n'aimait personne et personne ne l'aimait.

Saroltâ vint un jour chez les Szécheny. Ses yeux d'amoureuse imploraient, dans son mince visage pâle. Béla lui plut beaucoup et ils jouèrent longtemps ensemble. Terka rôdait autour d'eux, d'un air farouche. Lorsque Saroltâ lui adressa la parole, elle s'enfuit.

Elle aurait été jolie, cette incompréhensible Terka.... Mais elle était trop longue pour son âge, trop maigre, trop gauche, trop dégingandée. Tandis que Béla était si mignon et si doux!...

Les Szécheny quittèrent la Hongrie quelques mois plus tard. Saroltâ pleura amèrement son compagnon de jeux.

---

they would also have their first haircut, and this was the signal that they were now "little men." At this point, their upbringing might be taken over by their father, they were often separated from their mother and her sphere of influence, and they might be sent away to school. This stage often marked a sad time for mothers, who felt they had "lost" their sons, which explains why Bela's mother was delaying this moment.

Sur l'avis du médecin, sa mère l'avait emmené à Nice, ainsi que sa récalcitrante petite sœur.[5] Béla avait la poitrine délicate à l'excès. Il était, d'ailleurs, peu robuste. A travers ses rêves, Saroltâ évoquait toujours l'enfant trop frêle et trop joli dont le souvenir persistait en elle. Et elle se disait, en souriant à l'image blonde:

"Si je dois me marier plus tard, je voudrais épouser Béla."

Plusieurs années se passèrent—oh! combien lentement pour l'impatiente Saroltâ! Béla devait avoir atteint vingt ans, et Terka dix-sept. Ils étaient toujours sur la Riviera. Et Saroltâ se désolait de ces années sans joie, éclairées seulement par l'illusion d'un songe.

Elle rêvait à sa fenêtre, par un soir violet, lorsque sa mère vint lui dire que Béla était revenu....

Le cœur de Saroltâ chantait à se briser. Et, le lendemain, Béla vint vers elle.

Il était le même, et pourtant bien plus charmant qu'autrefois. Saroltâ fut heureuse qu'il eût gardé cet air efféminé et doux qui lui avait tant plu. C'était toujours l'enfant fragile.... Mais cet enfant possédait aujourd'hui une grâce inexprimable. Saroltâ chercha en vain la

---

5. Nice was a common destination for those seeking a healthier climate. Anton Chekhov went there in 1898 when suffering from tuberculosis. Renée Vivien was also a frequent visitor to Nice (see Hawthorne, "Two Nice Girls").

cause de cette transformation qui le rendait si attirant. Sa voix était musicale et lointaine, ainsi qu'un écho des montagnes. Elle admira tout de lui, jusqu'à son complet anglais, d'un gris de pierre, et jusqu'à sa cravate mauve.[6] Béla contemplait la jeune fille de ses yeux changés, de ses yeux étrangement beaux, de ses yeux qui ne ressemblaient pas aux yeux des autres hommes....

"Qu'il est donc mince!" observa la mère de Saroltâ, après son départ. "Il doit être encore d'une santé bien délicate, ce pauvre petit."

Saroltâ ne répondit point. Elle ferma les yeux afin de revoir Béla sous ses paupières closes.... Comme il était joli, joli, joli!...

Il revint le lendemain, et tous les jours. C'était le prince charmant qui ne se révèle qu'à travers les pages enfantines des contes de fées. Elle ne pouvait le regarder en face sans défaillir ardemment, languissamment.... Son visage variait selon l'expression du visage désiré. Son cœur battait selon le rythme de cet autre cœur. L'inconsciente et puerile tendresse était devenue de l'amour.

Béla pâlissait dès qu'elle entrait, diaphane en sa blanche robe d'été. Il la regardait parfois, sans parler, comme quelqu'un qui se recueille devant une Statue

---

6. The color mauve was a relatively new invention and closely associated with decadence (see Garfield).

sans défaut. Parfois il lui prenait la main.... Elle croyait toucher une main de malade, tant la paume en était brûlante et sèche. Un peu de fièvre montait alors jusqu'aux pommettes de Béla.

Elle lui demanda un jour des nouvelles de Terka l'indisciplinée.

"Elle est toujours à Nice," répondit-il négligemment. Et l'on parla d'autre chose. Saroltâ comprit que Béla n'aimait point sa sœur. Ce n'était pas étonnant, au surplus. Une enfant si taciturne et si farouche!

Ce qui devait arriver arriva. Béla la demanda en mariage quelques mois plus tard. Il entrait dans sa vingt et unième année. La mère de Saroltâ ne s'opposa point à l'union.

Ce furent d'irréelles fiançailles, délicates à l'égal des roses blanches que Béla apportait chaque jour. Ce furent des aveux plus fervents que des poèmes, et des frissons d'âme sur les lèvres. Au profond des silences, passait le rêve nuptial.

"Pourquoi," disait Saroltâ à son fiancé, "es-tu plus digne d'être aimé que les autres jeunes hommes? Pourquoi as-tu des douceurs qu'ils ignorent? Où donc as-tu appris les paroles divines qu'ils ne prononcent jamais?"

La cérémonie eut lieu dans une intimité absolue. Les cierges avivaient les lueurs roses de la blonde chevelure de Béla. L'encens fumait vers lui, et le tonnerre des orgues l'exaltait et le glorifiait. Pour la première fois, depuis le commencement du monde, l'Epoux fut aussi beau que l'Epouse.

Ils partirent vers les rives bleues où s'exaspère le désir des amants. On les vit, Couple Divin, les cils de l'un frôlant les paupières de l'autre. On les vit, amoureusement et chastement enlacés, les cheveux noirs de l'Amante répandus sur les blonds cheveux de l'Amant.... Mais voici, ô petite curieuse! où l'histoire devient un peu difficile à raconter.... Quelques mois plus tard, le véritable Béla Szécheny apparut.... Ce n'était pas le Prince Charmant. Hélas! Ce n'était qu'un joli garçon, sans plus. Il rechercha furieusement la personnalité du jeune usurpateur.... Et il apprit que l'usurpateur en question était sa sœur Terka.[7]

... Saroltâ et le Prince Charmant ne sont plus revenus en Hongrie. Ils se cachent au fond d'un palais vénitien ou d'une maison florentine. Et parfois on les rencontre, tels qu'une vision de tendresse idéale, amoureusement et chastement enlacés.

---

7. As Mireille Rosello has noted, this story rewrites (from a feminist perspective) what folklorists refer to as the "bed trick" narrative, where one person secretly replaces another in a sexual encounter without the other partner seeming to notice (179n8). For other examples of the bed trick, see Wendy Doniger, *The Bedtrick* and *The Woman Who Pretended to Be Who She Was*.

LES SŒURS DU SILENCE

J'avais entendu parler, en termes tantôt élogieux, tantôt méprisants, de ce monastère laïque créé par la douleur d'une femme pour la douleur des autres femmes. C'était, assuraient les uns, un lieu fraternel et sacré où les lassitudes se retrempaient dans le recueillement. Les autres n'y voyaient que le caprice maladif d'un être égaré par les deuils.

Je résolus de voir et d'apprendre, et, un jour d'automne, j'allai vers le couvent profane.

La Supérieure m'accueillit avec une grâce taciturne. Tout, en elle, était une grise harmonie: ses cheveux et ses yeux crépusculaires et la bure aux plis mélancoliques de sa robe.

"Puis-je savoir?..." commençai-je avec embarras et maladresse.

"Ne m'interrogez point," interrompit la Femme Grise, non sans douceur. "Car la question est un viol brutal du droit et du devoir de se taire. Regardez et observez, apprenez par vous-même, sans jamais rien demander à un être aussi faillible, aussi incertain que vous."

... Et voici ce que je vis et ce que j'appris dans cet étrange monastère laïque créé par la douleur d'une femme pour la douleur des autres femmes.

Le moutier pâlissait au milieu d'un immense jardin où ne s'effeuillaient que de virginales fleurs blanches, les fleurs de la stérilité et de la mort. Les plus jeunes parmi les recluses étaient seules autorisées à prodiguer aux plantes et aux feuillages les soins délicats dont s'acquittent habituellement les jardiniers. Car la main grossière d'un homme ne devait point, selon la loi conventuelle, souiller les fleurs.

Le plus mystique silence régnait par le couvent. Celles que tourmentait encore le souvenir du verbe venaient,[1] à de rares intervalles, dans le "parloir,"[2] où elles reprenaient, pour quelques instants, la vaine pratique du langage humain. Puis elles retrouvaient avec une joie paisible le Songe monial.

Les cérémonies de cette maison d'isolement et de repos avaient lieu par les douloureux couchants. Les jeunes

---

1. "Verbe" here does not mean literally "verb," the part of speech, but refers to language in general, as in the biblical "In the beginning was the Word" (*Bible*, John 1.1).

2. Vivien is drawing attention to the etymology of the word *parloir*, or "parlor" in English. The parlor is often thought of as merely a space for social interactions of all sorts, but since it is derived from the verb for talking (*parler*), in the convent the designation of the room can be taken literally.

filles aux chevelures fluides murmuraient des vers ou égrenaient des mélopées. Quelques solitaires ferventes erraient à travers les galeries, les regards enchaînés par la splendeur des tableaux et des statues. D'autres cueillaient les fleurs pâles des serres et des jardins, ou s'attardaient à contempler l'infini du crépuscule et de la mer.

Comme un nid d'aigle, la pieuse demeure se blottissait parmi les rochers. Les passants craignaient la violence de ses parfums. Jadis, le souffle inexorable des fleurs d'oranger avait fait mourir une vierge.

Aux pieds du monastère, l'abîme bleuissait, plus attirant que le flot méditerranéen. Les fenêtres étaient larges, et, toujours grandement ouvertes sur la mer, elles contenaient toute la courbe glorieuse de l'Arc-en-Ciel. Lorsque l'orgue répandait la tempête de ses foudres et de ses tonnerres, lorsque les violons sanglotaient toute l'angoisse divine, les vagues mêlaient aux chants l'éternité de leur rythme monocorde.

La plus jeune Sœur vint à moi comme l'incarnation de ma pensée la plus belle. Sa robe était du même violet que le soir. Cette femme m'évoquait la fragilité de la nacre et la tristesse altière des cygnes noirs[3] au sillage obscur. Répondant à mon silence, elle murmura:

---

3. The black swan has a special place in Vivien's imagination. Vivien seems to think of it as the avian equivalent of a black sheep.

"J'ai cherché dans cette ombre non point la paix, comme l'Exilé frappant aux portes du monastère, mais l'Infini."

Et je vis que son visage ressemblait au divin visage de la Solitude.

Figuratively speaking, the black sheep is the misfit in a family, one who is stigmatized and ostracized.

CRUAUTÉ DES PIERRERIES

Conté par Giuseppe Bianchini

En vérité, Madonna Gemma, vous êtes la bien nommée. Vous êtes la sœur éblouissante et insensible des pierreries... J'aime ces aigues-marines qui ont la nuance de vos yeux. Les aigues-marines sont les plus belles de toutes les gemmes. Elles ont la froide limpidité des vagues hivernales.[1]

Comme vous aimez les joyaux qui vous ornent, ô ma Dame très belle! Leur vie dormante se mêle à votre souffle et aux battements calmes de vos artères. Ah! ces perles qui épousent votre cou voluptueux et cruel! Ah! la profondeur de ces émeraudes et le frisson de ces opales!

Vous rappelez-vous pourquoi je m'abîmai jadis pendant de si longs mois parmi les parchemins et les creusets? Je voulais découvrir pour vous la Pierre Philo-

---

1. The name Gemma, which echoes the theme of precious stones (*pierres précieuses*) in its evocation of the word *gem* works in both French and English. *Madonna* here is an Italian form of address ("my lady"), not a religious reference.

sophale.² Je voulais de l'or, de l'or, de l'or, un ruissellement d'or dans votre giron. Votre corps aurait ployé sous
le fardeau des parures. La splendeur de vos colliers et de
vos anneaux aurait humilié la Dogaresse.³ La proue de
votre gondole aurait été un aveuglement de rubis, laissant sur l'eau des reflets de soleil automnal....

... Comme vous étincelez dans l'ombre!... Détournez
de moi vos yeux de béryls. Votre âme implacable sourit
en vos regards, Madonna....

Il y a des hommes bizarres et terribles qu'enchante la
douleur physique d'autrui.⁴ Les cris et les contorsions
des suppliciés aiguillonnent leurs voluptés lasses.... Vous
leur ressemblez, vous à qui répugnent la laideur des souffrances corporelles et la barbarie du sang versé. Votre joie
est de ranimer l'angoisse qui sommeille dans les âmes.
La vision de mes effrois et de mes tortures rougeoie à

---

2. The philosopher's stone would reputedly turn ordinary metals
into gold and was sought (unsuccessfully) by alchemists. The crucible
was used in the ancient practice of alchemy.

3. The Republic of Venice was governed by an elected leader, the
doge, who was crowned and treated like royalty. A dogaressa is the
wife of a doge.

4. The concept of sadism—taking sexual pleasure in the pain of
others—was not new in Vivien's time (it was named for the eighteenth-
century marquis de Sade), but the literary movement of decadence at
the end of the nineteenth century had stimulated renewed interest in
various forms of sexual perversion.

travers mes paroles. C'est pourquoi vous en écoutez le
récit avec un si clair sourire.... Vous êtes implacable,
Madonna Gemma. Mais vous êtes si belle que je vous
obéirai.

Mes nuits laborieuses d'alchimiste ont fait naître cette
humeur étrange qui vous plaît et qui vous déplaît en moi.
Ah! ces nuits laborieuses! Je sentais vaguement quelqu'un
épier mes secrètes études. Vous le savez comme moi,
mieux que moi, peut-être. Quelqu'un dont les invisibles
prunelles me guettaient m'a dénoncé à l'Inquisition. Je
fus accusé de magie noire: par qui? Vous le savez peut-
être, Madonna. Vous savez peut-être à la suite de quelle
dénonciation je fus encloîtré dans la geôle ténébreuse, il
y a sept ans.

Comment peindrais-je les horreurs de ce cachot sans
aurore?... Mais mon plus rouge supplice était de voir in-
terrompre mes patientes études au moment où j'allais découvrir la Pierre Philosophale. Quelques heures de plus,
et j'aurais régné sur tout l'or et sur toutes les gemmes de
l'univers.

Longtemps je songeai avec la fixité intolérable des
damnés. Vous m'apparaissiez en un éclair de pierreries.
Je vous aimais d'une haine inexprimable. Vous me mon-
triez du geste la porte de fer, les barreaux de la fenêtre et
les verrous. Pendant la nuit, mes supplices étaient plus
démoniaques encore. La Fièvre et la Démence m'empor-

taient, comme un sirocco....⁵ Je sombrais dans un océan
de ténèbres.

Et, afin de vous rejoindre—ne tremblez point ainsi,
ma Maîtresse éblouissante—afin de vous retrouver et
de vous torturer savamment avec d'infinies caresses de
cruauté, je voulus m'échapper de la geôle ténébreuse.

... Par un soir plus vert qu'un fleuve aprilin, le geôlier
entra, dans un grincement de fer rouillé. Il me considéra
avec un jovial mépris. Je m'étais toujours montré plus
doux que la mule qui tette. J'avais des soumissions lar-
moyantes d'enfant battu.

Il me demanda si la fièvre m'accablait moins fort. Je
lui répondis en geignant, et je mêlai à mes plaintes des
protestations de reconnaissance pour l'intérêt qu'il me
témoignait.

Il se dirigea vers la porte, après quelques sottes paroles
d'encouragement. D'un bond furieux, je le saisis par derrière et lui mordis férocement la nuque. Son saisissement
fut tel qu'il tomba à la renverse sans proférer un cri.
D'une main je le bâillonnai avec la paille de mon cachot.
Puis, saisissant le trousseau de lourdes clefs qui pendait à
sa ceinture, je l'assommai vigoureusement.

---

5. The sirocco is a Mediterranean wind that travels north from
the Sahara desert to Italy, often carrying sand, and is associated with
illness.

Il fut long à mourir, et je m'impatientai plus d'une fois avant de voir couler enfin le ruisseau de sang qui charriait des débris de cervelle.

La hideur de ce spectacle me répugna un peu, mais cet homme était trop stupide pour que je m'attardasse à déplorer longtemps sa perte. Je le dépouillai, et, ayant dissimulé mes vêtements rougis sous l'ample manteau qu'il portait habituellement, je traversai les sombres corridors.

... Une voix rauque d'ivrognesse m'arrêta, glacé de sueur et plus tremblant qu'un romagnol terrassé par la malaria:[6]

"Hâte-toi, Beppo! La soupe fume sur la table."

En une de ces divinations qu'apporte parfois l'extrême terreur, je compris que la femme de l'ex-geôlier allait me livrer.

Je me retournai. D'un clin d'œil je la découvris toute. Je constatai d'abord qu'elle était abominablement saoûle. Pareils à deux outres vides, ses seins tombaient sur son ventre gonflé comme pour une grossesse. Son nez, dans la demi-obscurité, semblait un soleil couchant. À ses lèvres grasses s'aigrissait un relent de mauvais vins. Ses cheveux, maladroitement teints, étaient rouges par plaques. De gros anneaux d'or appesantissaient ses

---

6. "Romagnol" refers to an inhabitant of Italian region of Emilia-Romagna.

lourdes oreilles plus accoutumées à entendre des beuglements de bêtes abattues que des sérénades. Elle titubait,
et de sa gorge s'échappaient des hoquets suris.

Ce qui me frappa surtout, ce fut la coquetterie grossière de ses vêtements. La jupe écarlate flamboyait, telle
une forge; le corsage, d'un jaune belliqueux, claironnait
ainsi que des trompettes de victoire. Plusieurs rangs de
corail s'enroulaient autour du cou gras et court, facile à
serrer entre des mains meurtrières.... Ces cous-là sont
prédestinés à la strangulation, comme certaines longues
et pâles fragilités au viol.

Un plan, irréfléchi à l'égal d'un instinct, jaillit de mon
cerveau en délire.... Je tombai aux genoux de l'énorme
paysanne.

"Madonna," soupirai-je avec l'emphase d'un pitre sentimental, "pardonnez à un trop fervent adorateur la ruse
qui lui a valu la fortune splendide de pénétrer jusqu'à
vous."

Elle me considérait, le groin large ouvert et le cerveau
brouillé par les crus du cabaret.

"Ne craignez rien, ô beauté rousse, incarnation d'un
couchant d'automne! J'ai enfermé votre époux dans une
cellule vide, après l'avoir un peu malmené. Je lui ai en-
foncé de la paille dans la bouche, comme l'on fait aux
ânes qui lui ressemblent. Ainsi bâillonné, il ne pourra in-
terrompre notre amoureuse conversation."

Je lui embrassai courageusement les rotules. Ses pupilles vacillantes se dilatèrent d'étonnement et d'épouvante.

Une pensée rapide traversa ma cervelle. Au moment où l'on m'arrêta, j'avais serti pour vous un délicat anneau. Deux sirènes, ciselées en or verdi, les écailles et les cheveux emmêlés, tenaient de leurs bras renversés une aigue-marine aussi belle qu'une goutte d'eau de mer glaciaire. J'avais réussi à dissimuler ce joyau. Je l'offris à la créature dont les mamelles étaient secouées par un tremblement convulsif.

"J'ai forgé pour vous cette bague, ô rayonnement de mes rêves!"

Un sourire d'inconsciente béatitude élargit ses lèvres de forte buveuse.

"Hier soir, lorsque les premiers astres faisaient frissonner l'eau morte d'une vie illusoire, je me suis caché dans l'ombre, et j'ai chanté pour vous des canzoni passionnées."

"Je me souviens," soupira l'ivrognesse, pâmée d'aise comme si une main l'eût savamment chatouillée. "Oh! oui, je me souviens! J'ai bien entendu cette belle voix de basse qui montait si amoureusement vers moi. Mais j'ai cru reconnaître l'accent de ce gondolier qui, depuis trois mois, courtise ma fille Giuseppina."

"Lorsque l'aurore s'ouvrit ainsi qu'une rose, j'étais encore sous votre fenêtre, Madonna. Je composais en votre honneur des litanies ferventes, comme à la Santissima Vergine....[7] Vous êtes la flamme de Venise, le mirage du couchant, le sourire des flots ternis.... Et je vous ai nommée dans mes songes: Violante."

"Je m'appelle Onesta," interrompit l'horrible sorcière, en flattant avec complaisance ses débordantes mamelles.

"Je vous avouerai tout, Onesta mia. Je suis un grand seigneur dont le palais ouvrira toutes grandes devant vous ses portes triomphales. Vos pieds d'enfant errante se refléteront dans les marbres à la pureté presque diaphane: un flot charriant de la neige. Écoutez, Onesta. Une robe de tissu d'argent où luiront des perles suivra la ligne mélodieuse de vos hanches. Des aigues-marines mariées à des pierres de lune vous donneront l'illusion d'un clair d'étoiles sur la mer. Deux suivantes porteront le poids royal de votre traîne lourde de métaux et de pierreries. Et deux pages énamourés chanteront, tour à tour, agenouillés devant votre fauteuil, les vers de tendresse que je leur dicterai. Je ne vous offrirai point de fleurs, ma charmante: car il ne faut pas que vos yeux soient attristés par l'agonie d'une rose. Vous ne contemplerez que

---

7. The Santissima Vergine is "the most holy virgin" in Italian.

l'éternelle beauté des opales et des émeraudes. Et je verserai, en des coupes d'onyx, des vins glorieux comme des victoires, doux comme des poisons et véhéments comme des baisers...."

En entendant parler de vins, ma conquête titubante bava de joie. Un éclair traversa ses yeux hagards.

"Du vin!" soupira-t-elle.

"Laissez-moi vous entraîner, Onesta," suppliai-je. "Suivez-moi jusqu'au palais d'amour où la couche nuptiale est déjà préparée. Je suis un magicien, et je sais d'étranges caresses que m'ont enseignées les archanges pervers."

Je m'arrêtai pour savourer l'effet produit par mon éloquence. Puis, sachant que les femmes préfèrent aux plus somptueuses promesses le geste précis, je me penchai sur elle. De mon souffle un peu affadi par le strict régime de la geôle, j'effleurai la nuque rouge d'Onesta... Voyant les encourageants sursauts de toute cette chair imprégnée de Chianti, je m'enhardis à certains frôlements experts qui provoquèrent de nouveaux hoquets. Je continuai, insinuant et tentateur:

"Je vous apprendrai le piment rouge des morsures... Je vous apprendrai l'insidieuse insistance des lèvres et la lenteur tenace des mains... Votre rustre de mari vous a sans doute laissé ignorer ces choses..."

Je la tutoyai brusquement. "Viens, Onesta!..."

Elle fixa sur moi ses yeux stupides.

"Vous avez en effet les paroles et les manières d'un grand seigneur," bégaya-t-elle, "mais je ne puis quitter pour vous mon mari et mes enfants."

"Votre mari pourra-t-il, comme moi, parer magnifiquement votre splendeur de femme? Saura-t-il assortir les pierres au reflet de vos yeux? Et vous êtes trop gracieuse pour n'être qu'une mère, Onesta."

"Tout cela est peut-être vrai, en somme," acquiesça la mégère, très romanesquement saoûle.

"Cela est vrai comme la Vérité nue," insistai-je. "Venez, Onesta mia."

Les ombres du soir s'approfondissaient. Une douceur musicale faisait vibrer l'air ainsi que les cordes tendues d'une cithare.

Soudain je tressaillis. Nous entendîmes des pas retentissants qui approchaient. Mon ignoble compagne était sur le point de défaillir. Je lui saisis violemment le bras, et, brutal autant qu'un charretier qui assomme sa bête, je lui ordonnai de me suivre. Elle obéit, plus passive que le bétail.

C'était un geôlier, dont nous distinguions mal la massive carrure dans le corridor enfumé de crépuscule. J'eus un frisson de fièvre chaude lorsqu'il nous interpella:

"Vous allez respirer l'air du soir sur le canal?"

Onesta balbutia: "Mon mari est un peu souffrant, Ja-
copo. Nous allons nous reposer tous les deux. Bonsoir."

"Bonsoir," reprit l'homme, qui poursuivit son chemin
en fredonnant.

Nous arrivâmes à la grande porte. Le gardien, sur la
demande étranglée d'Onesta, poussa la grille et nous fit
passer dans la pénombre bleue...

Le vent du Sud charriait des souvenirs d'aromates et je
ne sais quelles voluptés mauvaises. La lagune était tiède
et perverse ainsi qu'un sexe révélé... Je caressai distraite-
ment les mamelles d'Onesta.

"Voici une gondole, ma belle pensive. Daignez me
suivre jusqu'au palais de mes rêves amoureux."

Elle s'embarqua, noyée dans une stupeur heureuse...
Je sais diriger une barque aussi facilement que torturer
une femme, Gemma. Je pris la place du *gondoliere* un
peu ahuri, et rassurai le brave garçon en lui glissant une
des rares pièces d'or qu'avait épargnées la rapacité des
geôliers.

Nous nous laissâmes entraîner le long du canal ensor-
celeur. Oh! la cruauté des eaux et de la nuit!

Une demeure aux portes béantes traînait sur les flots
ses lueurs jaunes et rouges. Une musique de mandolines
et de guitares rauques flotta jusqu'à nous. Elle sortait
d'une maison publique hantée par des matelots et des
gondolieri.

"Venez, ma Dame immortelle… Il y a de l'Asti spumante dans les chambres closes…"

Nous entrâmes. Une puanteur d'ail pestilentiel et de méchant vin me suffoqua dès le seuil.

Je fermai les rideaux sur nos voluptés prochaines. Onesta s'assoupissait déjà d'un sommeil hébété. Je songeai à son réveil. Lorsque les boissons ne fermenteraient plus dans son cerveau vide, quels effrois dilateraient ses prunelles imbéciles? Elle me dénoncerait… Et si, me fiant à sa torpeur, je l'abandonnais aussitôt, je pouvais craindre un éclair de raison réapparue.

Et puis pourquoi ne pas l'avouer? La cruauté des eaux et de la nuit était en moi. Le rut mortel me rendait pareil aux fauves en folie. Je me jetai sur l'abominable ivrognesse, et j'usai d'elle avec une frénésie que ne m'ont point accordée vos plus complexes baisers, Gemma. Le plaisir furieux me faisait sangloter faiblement, ainsi qu'un enfant plaintif. Et je meurtris de morsures ces lèvres abjectes.

Mais une convoitise plus forte m'assaillit. Je profitai de la stupeur où s'enlizait ma compagne,[8] effondrée sous l'intensité du spasme, et, la saisissant fortement à la gorge, je l'étranglai avec délices… Certains cous gras et courts sont prédestinés à la strangulation…

---

8. Despite Vivien's perfectionism, her eye did not catch everything, and "enlizait" (for *enlisait*) is an example.

L'agonie d'Onesta fut brève, trop brève même. Alourdie par les vins, affaiblie par les convulsions sexuelles, elle succomba sans tarder entre mes mains vigoureuses... Je sais étrangler aussi savamment que caresser.

La hideur grotesque du cadavre fut telle que je me pris à rire. L'apaisement charnel me rendait très doux. Le mâle était satisfait en moi. Une victime était immolée à la cruauté des eaux et de la nuit. Je sortis, l'âme sereine.

"Pourquoi laisses-tu là ta compagne?" interrogea une servante que lutinait un matelot.

"Elle est trop saoûle pour se lever. Elle dort aussi profondément que les morts dans leur cercueil."

Et je souris innocemment à cette plaisanterie, dont je pouvais seul apprécier la saveur délicate.

... Les eaux et la nuit m'approuvaient et m'enveloppaient d'une indulgente douceur. Je crachai sur les reflets d'étoiles et je chantai mes plus belles chansons à la mer.

Une heure passa, diaphane et légère. Les reflets d'étoiles s'éteignirent au fond de la lagune. Puis, triomphale comme un cri de clairons, l'Aurore éclata, stridente.

Je doublai le cap de la Dogana et suivis le canal de la Giudecca. Le bercement de la gondole rythmait mes rêves tranquilles. L'eau verte avait la langueur perfide de vos yeux somnolents, Madonna...

La gondole s'arrêta devant votre porte. Malgré le jour levé, votre maison dormait en l'ombre du sommeil. Un parfum d'indolence et de rêve attardé monta vers moi. Je me dirigeai vers votre chambre.

Vous dormiez. Votre attitude de marbre me glaça. Je frémis devant vos paupières sans battement. Les ténèbres marbraient votre front et le rendaient pareil au front bleui des Trépassées.

Je m'avançai, les mains jointes. Je grelottais de tous mes membres transis. Lentement, lentement, Gemma mia, vous ouvrîtes les yeux. Et je lus au fond de vos prunelles hagardes une terreur si monstrueuse que *je compris...* Je sus quels regards invisibles s'étaient jadis embusqués dans l'ombre où je travaillais parmi mes creusets et mes parchemins. Je sus quelle main avait tracé les lignes perfides qui me dénoncèrent à l'Inquisition... Je sus qui m'avait trahi, par curiosité du mal...

... Et c'est depuis ce jour que vous m'aimez, Gemma mia. Vous m'aimez de toute votre terreur. Votre lassitude de corps et d'âme ne connaît un frémissant réveil que sous l'épouvante. Et parce que vous me craignez, vous m'aimez. Vous n'ignorez pas que je vous briserai plus tard, au gré de mon caprice. Vous n'ignorez pas que je vous détruirai, lorsque vous aurez cessé de me plaire.

Silencieuse d'horreur passive, vous épiez mes gestes et mes pas... Vous attendez la Fin. Mais le moment n'est point encore venu, car votre corps me tente comme l'eau parfumée des pastèques et la pulpe des figues mûres.

Votre heure n'a point encore sonné, Madonna Gemma...

Je veux tes lèvres... Des baisers, des baisers, des baisers....

Trahison de la forêt

Conté par Blue Dirk

Je ne suis pas un méchant homme, quoique l'on m'ait surnommé: The Forest Devil. On m'appelle aussi Blue Dirk, parce que je suis tatoué sur tout le corps. Joan aussi était bleue de tatouages. Joan, c'était ma femme. Nous ne nous sommes pas mariés selon l'Église Anglicane, parce que, là où nous nous sommes rencontrés, il n'y avait pas de clergyman. Mais c'était ma femme quand même. Elle avait les plus beaux tatouages qu'une femme puisse convoiter. Une Indienne de l'Amérique n'est pas plus savamment décorée de tomahawks et de tortues. A la jambe droite, je lui avais dessiné un diable avec des cornes de buffalo et une queue de vache. Au poignet droit, un serpent, en guise de bracelet. Et, au-dessus du sein gauche, deux cœurs unis par une flèche, et nos initiales entrelacées.

Je ne sais pas du tout pourquoi l'on m'a surnommé: The Forest Devil. Il est vrai que je suis un peu méchant lorsque je suis saoûl. J'ai tué quelques hommes sans le savoir, pendant l'ivresse, et j'ai même assommé deux ou trois femmes qui me résistaient, comme, rendu amoureux par l'eau-de-vie, je voulais leur faire violence.

Mais je n'aurais pas agi de la sorte si je n'avais pas bu. Il est vrai aussi que j'ai pris de force une petite fille, mais c'était parce que, depuis un mois, j'avais erré dans les solitudes sans voir une femme, si laide ou si âgée fût-elle. Je vous assure que je ne me serais pas conduit de cette façon si je n'avais été terriblement à jeun. Ce n'était qu'une maigre volupté. Et puis, quoi! l'enfant criait trop fort. Je suis parti, après l'avoir gratifiée d'une forte taloche. Je n'aime pas les cris, moi. Les enfants ne devraient jamais faire de bruit. J'ai brûlé les pieds d'une vieille fermière qui ne voulait pas me dire où elle avait enfoui son argent. Mais, comme elle a fini par me révéler la cachette du magot, je ne lui ai plus fait aucun mal. Je suis au fond un excellent drille. Cette odeur de chair cuite était, d'ailleurs, par trop insupportable. En somme, tout cela n'a point beaucoup d'importance, et je ne sais pas pourquoi on m'appelle The Forest Devil.

Qu'est-ce que le meurtre, au total? Une avance de quelques années sur la fin inévitable. Un supplice de vingt minutes est-il donc si terrible? N'est-il point mille fois moins hideux que les longues années d'agonie?... Un cancer, par exemple.... Pour moi, j'aimerais mieux être assassiné que de mourir d'un cancer....

Si j'avais envoyé dans l'autre monde un être qui, sans mon intervention, eût été immortel, j'aurais assurément un poids très lourd sur la conscience.

Quant à l'affaire de la petite fille, je n'ai fait que prévenir la violence naturelle qu'un autre mâle eût, selon toute probabilité, exercée sur sa personne. Je n'ai jamais possédé de vierge pubère, mais on m'affirme que l'initiation est toujours très douloureuse pour une femme. Alors? un peu plus tard elle aurait bien connu la brutalité de l'homme.

Il est vrai qu'il y a un très grand nombre de femmes qui meurent vierges. Malgré cela, j'ai entendu dire que ce n'est point là le destin normal de la femme. Il paraît même que c'est presque immoral. Les gens qui m'ont dit cela ont ce qu'on appelle des "idées saines." Avoir des idées saines, c'est penser comme tout le monde.

J'ai peut-être eu tort de rôtir les pieds de la vieille fermière. Aussi, pourquoi était-elle si avare? Si j'ai pu la guérir de sa ladrerie, je lui ai rendu un très grand service. J'ai peut-être facilité son entrée dans le royaume des cieux.

Je suis, au fond, un excellent drille. Je vais vous en donner une preuve. Lorsque les habitants d'un petit village hindou ravagé par un couple de tigres vinrent me demander mon aide, j'allai tout de suite à leur secours. À la vérité, ils m'avaient offert une superbe récompense pour les débarrasser de ces deux maudites bêtes. Pourtant, je vous assure que l'amour du prochain fut le motif déterminant de ma belle entreprise.

Joan était avec moi.... Une admirable compagne de chasse.... C'est même pour cela que je l'ai gardée si longtemps.

Grâce à un des rares villageois échappés aux griffes du tigre et de la tigresse, nous découvrîmes le repaire préféré des fauves. Nous attachâmes un veau blanc à un arbre proche, et, le lendemain, Joan et moi partîmes à l'aventure.

Nous emmenions avec nous le kullal,[1] qui remplissait le double emploi de guide et de porteur d'outres, Mangkali à l'œil clair, mon principal shikari,[2] Sala et Nursoo, deux rabatteurs de quelques années plus jeunes.

Nous avions marché quelques milles, lorsque nous entendîmes le rugissement magnifique du tigre. Joan tressaillit, presque voluptueusement. Ses yeux se dilatèrent d'enthousiasme et d'orgueil. Nous avions à combattre un adversaire digne de nous.

"Wuh hai!" se lamenta le kullal, qui tremblait de tous ses membres couleur de vieux bronze, "voilà le sahib de mon village.... Voilà le roi de la contrée...."

Sa terreur abjecte croissait de moment en moment. Sentant qu'il se préparait à une course folle, Joan lui dit avec son flegme habituel:

---

1. Marchand de vin [note in original text].
2. Rabatteur [note in original text].

"Si tu essaies de fuir, le tigre aura certainement ta peau, mon bonhomme. Je te conseille de rester derrière nous: c'est ton unique chance de salut...."

Mangkali et Joan s'avancèrent les premiers. Joan avait des yeux de lynx. Nous atteignîmes quelques roches d'où l'on pouvait découvrir le veau sacrifié.

"Regarde!" chuchota Joan.

Je regardai. À travers le crépuscule, je ne vis qu'une masse blanche, immobile.

"Le veau est mort," observa très bas Mangkali.

Joan se contenta d'agiter rythmiquement son index.

"Doom hilta hai,"[3] acquiesça Nursoo, le plus jeune shikari. Il avait compris la pantomime de ma femme.

"Aperçois-tu le tigre?" demandai-je à Joan.

Elle fit signe que oui. Ecarquillant mes prunelles, je discernai enfin le corps du fauve.

Ah! la superbe bête!

Joan se mit rapidement en marche. Je la suivis. Le tigre était si occupé à dévorer vif l'infortuné veau blanc qu'il ne nous entendit point venir. Nous nous abritâmes derrière un arbre, à vingt yards du tigre.

Le cou du veau s'enfonçait dans la gueule du beau monstre, dont les pattes enserraient cruellement sa victime.

---

3. "Il remue encore la queue" [note in original text].

"Ne vise pas encore," recommanda Joan. "Il ne faut pas le blesser sans le tuer."

En un effort suprême, le veau se débattit. Le mouvement que fit alors son adversaire pour le ressaisir découvrit la cible pâle de son ventre et de sa poitrine. Il était tourné du côté gauche. Je visai le cœur, et, un peu anxieux, je tirai.

D'un bond magnifique, il roula, la gueule ouverte, le souffle haletant. Joan s'approcha de la bête agonisante, et, de la crosse de son fusil, l'acheva en lui brisant la colonne vertébrale.

Le kullal claquait des dents. Joan, que cette poltronnerie grelottante agaçait au delà de toute mesure, le prit impatiemment par le bras.

"Viens le voir de près," dit-elle, en montrant du doigt le tigre mort. "C'est une belle bête."

Mais le kullal, terrifié, ne répondit que par des gémissements d'effroi. Les lèvres de Joan se plissèrent d'un inexprimable dédain.

"Mon vieux," me dit-elle, en posant sur mon épaule sa rude main de tueuse, "notre travail n'est pas fini. Il faut que la tigresse aille rejoindre le tigre."

"Tu as raison, Joan."

Elle ne retira pas sa main appesantie sur mon épaule. Pour la première fois de ma vie, je la vis hésiter et s'assombrir devant la tâche.

"Ce ne sera pas commode," dit-elle très lentement.
"C'est stupide, si tu veux, mais j'ai idée qu'elle nous
donnera du fil à retordre. Les tigresses sont bien plus à
craindre que les tigres, Dirk. Elles sont plus féroces et
plus perfides."

"Crois-tu m'apprendre mon métier? Mais tu n'as pas
peur, voyons. Ce serait la première fois. Et puis, si tu
boudes à l'ouvrage...."

"Tu sais bien, imbécile, que je n'ai pas peur de la mort.
Puisqu'il faut disparaître de toute façon, autant s'en aller en plein air, jeune et fort, que de pourrir peu à peu
dans une chambre de malade où l'on étouffe et qui sent
mauvais. Et les drogues, pouah!... Mais j'ai idée que la
tigresse nous donnera du fil à retordre."

Elle contempla la belle forêt calme. Les branches des
arbres semblaient des pythons immobiles. Les lianes s'enroulaient comme des serpents verts. Un souffle de péril
et de trahison montait de la terre et tombait des feuillages. Les étoiles étaient grandes ouvertes, ainsi que des
fleurs de flamme.

"Comme c'est beau, tout cela!"

Pour la première fois, Joan exprimait un pareil sentiment. Elle était, de coutume, rebelle à l'admiration
autant qu'à la surprise et à la terreur. Les émotions la
choquaient. Elle les considérait comme des signes de
faiblesse.

"C'est beau, très beau. Et cela me fait penser à ce dont je ne me suis jamais occupée. Dirk, est-ce qu'il y a quelque chose au delà de la mort?"

Je grognai, peu content. Je n'aime guère parler de choses que j'ignore.

"Crois-tu que le clergyman avait raison, quand il disait qu'il y avait un autre Soi-Même, et que cette Seconde Personne ne mourrait pas avec la première?"

"Tu m'embêtes, Joan."

"Tant pis. Il faut que je parle à quelqu'un, ce soir. Je sais bien que tu ne me comprendras pas."

Elle s'arrêta, les regards perdus.

"Ce n'est pas que j'aie peur. Oh! non! Mais je me demande pourquoi je ne sais pas une chose si simple. Et je me demande encore pourquoi personne au monde, ni les plus graves clergymen ni les meilleurs médecins, n'ont jamais su cette chose si simple. Et c'est, en somme, la seule qui ait de l'importance. Comment cela se fait-il, Dirk?"

"Est-ce que je sais, moi?"

"Naturellement, tu ne le sais pas. Tu n'es pas intelligent, mais, si tu l'étais, ce serait la même chose.... Dirk, pendant quinze ans nous avons chassé ensemble. Nous avons dormi côte à côte. Nous avons fini par nous ressembler de visage, comme nous nous ressemblons d'âme. Tu aurais beau me mentir, tu ne réussirais pas à m'en faire accroire. Je te comprends. Tu n'es pas un mauvais homme, et moi je ne suis pas une mauvaise femme. Oh! bien sûr que nous avons l'un et l'autre des choses un peu lourdes sur la conscience! Toi, surtout. Quant à moi, je n'ai jamais eu qu'un mérite, c'est d'être une loyale et dévouée compagne de chasse.... Les femmes sont très bonnes, en général. Moi, je n'ai pas été bonne, Dirk, parce que je ressemble trop à un homme.

"Tu parles comme si tu allais mourir, Joan. Tu es ennuyeuse et stupide."

"C'est drôle de voir combien on est seul lorsqu'on va mourir.... On doit avoir très froid.... Je ne me suis jamais occupée de tout cela avant ce soir. On doit être si affreusement seul quand on s'en va Là-Bas! Crois-tu qu'on rencontre quelqu'un sur le chemin, d'autres âmes qui sont parties en même temps que vous?"

"Tais-toi donc."

"Et puis on doit être très nu. Pas de chair, pas d'os. Une masse sans forme et sans contours. On doit flotter, comme un nuage. Ce doit être fort désagréable. Et on n'a plus de nom. On n'est plus Joan, la tueuse de tigres et la femme du Forest Devil. On n'est même pas quelqu'un. On est quelque chose. On erre, comme ça, dans le vague. On voudrait être quelqu'un, redevenir quelqu'un, s'appeler d'un nom, revêtir un corps. On est très seul et très nu et on a très froid."

"Veux-tu te taire, à la fin?"

"Oui, je me tairai, parce que j'ai dit tout ce que j'avais à dire."

Nous retournâmes au campement. Joan, étant allée chercher de l'eau pour faire bouillir la marmite, ne revint point. Un temps indéterminé s'écoula.

"Je l'aurais entendue crier si elle avait été attaquée par la tigresse," pensai-je. "Ah! la garce! Me tromperait-elle avec un Hindou?"

Puis je réfléchis que ce n'était guère probable. Joan n'était pas une femme sensuelle. Et elle avait le mépris des indigènes.

Nous partîmes à sa recherche, en reprenant le chemin qui mène à la rivière.

Tout à coup, Nursoo le shikari hurla trois fois:

"La tigresse! La tigresse! La tigresse!"

... Et j'entendis l'horrible miaulement de la bête et le broiement des os sous sa mâchoire.

Il n'y avait rien à faire. Nous étions arrivés trop tard. Je compris ce qui s'était passé. La tigresse embusquée avait bondi sur Joan, et, lui enfonçant ses griffes dans la poitrine, elle avait dû la mordre aux lèvres, ce qui l'avait empêchée d'appeler au secours.... Les tigresses sont aussi rusées que cruelles, voyez-vous....

Enfin, ma pauvre Joan a été dévorée. Je l'ai regrettée très longtemps, car c'était une excellente compagne de chasse. Je ne suis ni tendre ni poltron, mais j'entendrai, jusqu'à la fin de ma vie, ce miaulement à la fois furieux et satisfait et ce broiement des os sous l'affreuse mâchoire.

LA CHASTETÉ PARADOXALE

Le hasard m'avait conduit à Gênes. J'étais depuis trois jours l'hôte de la ville, et le voyage, difficile et lent, n'avait diminué en rien ma vigueur et mon courage. Vous me comprenez à demi-mot. "L'homme n'est qu'un chien en rut," a dit un sage…. Enfin, la solitude nocturne m'énervait considérablement. Je résolus de choisir une maîtresse d'une heure.

Un de mes amis, à qui je confiai ma perplexité, me proposa de m'emmener chez la proxénète Myriam, célèbre par son génie d'intrigue. Machiavel lui-même l'eût admirée en silence. Elle avait le plus beau choix de femmes et elle entendait royalement son art.

Son palazzo passait pour une splendeur de féerie.

Je suivis mon ami chez la proxénète. Au premier coup d'œil, je jugeai que mon ami ne m'avait point sottement vanté la demeure. Nous gravîmes un escalier du plus pur marbre blanc, pareil à un névé. Les ciselures de la rampe de bronze représentaient des Hamadryades frissonnantes inclinées vers les fleuves et les fontaines pour écouter le

murmure des Naïades.[1] Des statues solennelles éclai-
raient la demi-ombre de leurs reflets polis.

Deux servantes mauresques me précédèrent dans une
vaste salle tendue de velours d'un rouge profond. J'observai les sculptures de la cheminée majestueuse. Des
Vestales immobiles veillaient sur le foyer. La lumière
frappait un tableau où deux chasseresses apportaient à
l'image d'Artémis l'offrande de leur arc victorieux.
Les nuances atténuées du tapis évoquaient toute une
Perse morte. Les vases de poterie, de faïence, ou de métal
travaillé, étaient de laborieux miracles. Ils étaient dignes
des fleurs. Un flamboyant été de roses se consumait en
parfums. L'immense baie des fenêtres découvrait la mer
qui miroitait toute sous nos yeux éblouis, ruissellement
d'argent fondu et parsemé de cristal.

Une femme entra. Jamais je ne vis beauté plus magnanime. La magnificence orientale des belles Juives écla-
tait en elle. Pâle d'extase, je contemplai les reflets roux et
bleus de sa chevelure noire. Ses yeux étaient de la couleur
des raisins. Le velours rouge des rideaux et des tentures
l'encadrait de flammes vives et intensifiait l'ardeur mate
de sa chair d'ambre et de nard. Sa bouche était pareille à
la rougeur fraîche des pastèques.

---

1. In Greek mythology, hamadryads are female spirits who inhabit
trees, while naiads are female spirits who inhabit water.

Cette femme était un faste vivant.... Elle ressemblait à un jardin de reine, à une parure inestimable, à un tissu ingénieusement brodé par des mains patientes. Quelque chose de grave et de lointain qui était en elle inspirait, ou plutôt imposait, un respect involontaire.

Mon ami s'inclina avec déférence. "Voici un de mes amis, Myriam," dit-il.

Je demeurai confondu. Cette créature, plus belle que la plus belle courtisane, était la proxénète!

... Elle sourit. Jézabel, poudrée d'or et de pierreries, devait sourire de cette même façon impudique et royale.

"Vous serez ébloui, signor," promit-elle. Elle disparut derrière le nuage rouge des rideaux.

Mon compagnon m'observait avec curiosité.

"Mais c'est celle-là que je veux!" criai-je, ivre d'admiration et de stupeur.

Il haussa les épaules.

"Garde-toi de tourner vers elle tes convoitises," conseilla-t-il. "Elle est inaccessible autant qu'une cime de neige et de glace."

"Je ne te connaissais pas cette humeur plaisante, mon bon ami."

"Aussi ne plaisanté-je point. Myriam est chaste. On la croit vierge. Elle trafique de la vertu des autres, tout en gardant la sienne intacte. Elle connaît la valeur de ce que les autres vendent ou donnent trop à la légère. Et puis son métier a dû lui inspirer l'horreur et le dégoût des hommes. Je te le répète, n'y pense plus."

Dédaignant cette raillerie stupide, je poussai une exclamation d'impatience.... À ce moment, les portes s'ouvrirent toutes grandes, et un chœur de jeunes femmes, roses à l'égal des Grâces, entra en un bourdonnement d'essaim. L'atmosphère était saturée d'odeurs. Mais je ne vis que Myriam, soleil noir parmi les étoiles. Jamais je n'avais compris, senti, aimé, avec cette profondeur et cette intensité le prestige orgueilleux des brunes.

"Voici Myrtô la Sicilienne," disait Myriam. "Sa chair a une senteur de pommes mûres. Voici une fleur d'Espagne, Violante. Elle est aussi belle que son nom. Et voici Lollia, qui joue de la guitare plus adroitement qu'un Vénitien, et Néïs qui danse comme une Faunesse. Voici Néméa, blonde ainsi que de l'or au soleil."

"J'adore les blondes," énonça mon ami. "Et celle-ci est claire à souhait. Quelle blancheur d'écume!"

Il suivit Néméa, qui l'entraînait.

Myriam, voyant mon peu d'enthousiasme à l'égard de sa cour féminine, me murmura à l'oreille:

"Si vous aspirez à quelqu'un de très haut placé, je vous ferai connaître une *marchesa* de lignée héroïque.

Mais elle exige un serment d'absolu silence devant la Madone avant d'ôter son masque. Elle est belle et pauvre."

D'un geste, je refusai.

"Je devine votre pensée. Vous êtes amoureux. Et la dame est rebelle. Beau cavalier, chuchotez-moi le nom de l'indifférente. Nulle ne sait comme moi distiller les paroles qui insinuent et qui persuadent. À moins qu'elle ne soit aussi froide que les statues, je vous l'amènerai dans quelques jours. Et, si elle persiste dans cette frigidité de pierre et de neige, je vous trouverai une jeune femme à son image, qui lui ressemblera trait pour trait, mais qui sera plus douce et plus docile à vos désirs."

Je la regardai fixement. Elle avait posé sa main sur mon bras, et cette main fraîche me brûlait.

La voix de Myriam s'était faite plus flexible encore.

"Je voudrais vous parler, à vous seule," interrompis-je avec brusquerie.

Elle sourit de tout son visage brun:

"Allez, mes colombes."

Les formes gracieuses s'évanouirent.

J'ôtai de mon doigt un rubis très rare, beau comme le sang d'une blessée, et le jetai, avec ma bourse pesante, sur la table d'onyx.

"Prenez-les, Myriam. Et prenez encore ce saphir, d'un bleu méditerranéen. En échange, vous me donnerez vos plus savants baisers."

Elle sourit de nouveau, mais d'un sourire plus aigu.

"Vous vous trompez, signor," répondit-elle, très calme. "Je suis la marchande, je ne suis point la marchandise."

Je rencontrai son regard altier.

"Vous êtes une coquette de premier ordre," ricanai-je.

"Mais vous me plaisez. Tout l'or que vous me demanderez, je le verserai dans le creux de vos mains."

"Je vends les autres, mais je ne me vends point."

Fou de désir, je l'attirai contre moi:

"Aime-moi, car je t'aime."

Et j'imposai à ces lèvres froides mon baiser fébrile.

Elle se recula, et, s'arrachant de mon étreinte, elle me souffleta si violemment que je chancelai.

"Sortez," ordonna-t-elle.

Mais la vanité du mâle protestait en moi, et je résolus de forcer cette femme à subir mon vouloir.

Je m'approchai d'elle, les sens exaspérés jusqu'au viol. Ma main chercha les seins farouches que soulevait impétueusement un souffle irrité.

Plus prompte qu'un essor d'hirondelle, elle saisit un stylet, merveille de niellure et de pierreries, qui ornait sa ceinture, et me le plongea dans la poitrine.... Je tombai.... Une douleur suraiguë me trouait le cœur.... Je sombrai au fond d'une nuit rouge....

Les plus savants docteurs ne m'arrachèrent qu'à grand'peine aux griffes tenaces de la Mort. Je guéris par un miracle de ma vigoureuse jeunesse.

Je ne franchis plus le seuil de la proxénète, de cette étrange femme, perverse et pure, impudique et inaccessible....

LA SPLENDIDE PROSTITUÉE

Récit d'un Envieux[1]

... Et la Gloire m'apparut. J'entrevis ses yeux de la couleur du cuivre et ses cheveux de la couleur du sang. Je m'étonnai un peu de cette apparition, car je n'avais guère l'espoir de profiter de ses faveurs changeantes. Mais la Gloire est femme, c'est-à-dire cruelle et perverse, et elle aime à faire miroiter, devant ceux qu'elle dédaigne, les paillettes de sa jupe constellée.

Je m'affermis, afin de la contempler sans amour, de tout mon orgueil et de tout mon dédain. Et je lui dis avec lenteur:

"Ma demeure n'est point une baraque où traînent des flacons de méchants parfums et des pots de fard. Que viens-tu faire dans cette chambre vide et seulement meublée de souvenirs? Pourquoi vouloir éblouir ce Passé que

---

1. Although not named explicitly, the "envieux" (note the masculine form of the adjective) who narrates this encounter with Glory would seem to reflect the attitudes of Vivien herself. The narrator reproaches Glory for remembering ultimately insignificant military heroes while failing to protect the memory of notable female poets of ancient Greece, a sentiment that Vivien surely shared.

je suis?... Je te vois telle que tu es. Je me suis détournée de toi avec une nausée.[2] Tu es la maîtresse saoûle des voleurs et des saltimbanques. L'odeur des abattoirs te plaît, et tu aspires avec volupté la fumée précieuse du sang. Tu es aveugle comme ceux qui font métier de juger leur prochain. Tu es stupide comme les guerriers et tu es vénale comme les mérétrices. Tu t'abandonnes de préférence à ceux qui te violent, et, si tu exaltes par hasard une femme fière ou un homme pauvre, ce n'est que par un caprice de courtisane ivre. En vérité, ton sexe est une place publique, et je ne voudrais pas accueillir dans ma couche modeste une aussi laide putain."

"Tu mens à l'égal d'un enfant," répondit-elle. "Je n'ai pas la plus légère intention de me livrer à toi.... Tu sais d'ailleurs que tu paierais mon baiser mercenaire de ton sang répandu. La sotte vanité de faire parler de soi! Mais elle te possède autant que les autres."

"Et pourtant," interrompis-je, "la joie misérable que de susciter autour de sa personne des légendes dont la méchanceté n'a d'égale que la sottise! Ah! les paroles envenimées qui se glissent en vos veines et coulent avec votre sang!... Tu es la Calomniatrice plus encore que la lâche Dénonciatrice des fautes cachées. C'est toi

---

2. Until this point, the *passé simple* tense has obscured the sex of the narrator, but in this sentence the final "e" on "détournée" reveals the speaker to be female.

qui déshonores en secret tous ceux que tu exaltes en public."

"Tu as peut-être raison. Mais il est de bonnes personnes sentimentales qui espèrent, par leurs écrits et par leurs œuvres, attirer vers leur solitude les âmes fraternelles d'aujourd'hui et de demain."

"Ces âmes sont fraternelles parce qu'elles demeurent irrévélées," objectai-je. "Je n'ai jamais rencontré un être sur la terre sans regretter plus tard de l'avoir trop bien compris et trop longtemps connu."

"Tu mens encore. Car j'ai vu à tes côtés une femme dont l'indulgente douceur te faisait pleurer d'amour."

"C'est toi qui, cette fois, as raison. Celui qui a rencontré sur son chemin une femme loyale ne doit plus rien chercher ni rien désirer. Mais que t'importe ma vie et mes pensées, à toi, la servante battue des bouchers et des hurleurs d'estrade? A toi qui graves dans le marbre les noms insignifiants des rois et dédaignes le nom obscur des bons poètes? A toi qui places Hugo,[3] le prince des bourgeois,

---

3. Victor Hugo is remembered today more for his novels, such as *Les Misérables* (1862), than for his plays and his poetry, whose style had fallen somewhat out of favor by Vivien's day. In his youth, however, he was known as a dramatist who had played a leading role in the romantic movement through his controversial play *Hernani* (1830) and for his opposition to Napoleon III, expressed in poetry such as *Les châtiments* (1853). At his death in 1885, he was granted a state funeral in Paris, where he was mourned by millions.

plus haut que Rimbaud[4] et que Charles Cros?[5] À toi enfin
qui laissas périr les chants sacrés de Myrtis l'Ionienne,[6] de
Télésilla l'héroïne,[7] et surtout de la mélodieuse et virginale
Éranna de Télos?[8] Tes serviteurs eux-mêmes ont pour tes
caresses un mépris inavoué. Ils retournent à leur manus-
crit ou à leur toile avec dégoût: ainsi le chien de l'Écriture
retourne à son vomissement. Ils sont, comme les fumeurs
d'opium et les ivrognes, les damnés d'un vice inguérissable.
En vérité, va-t'en.... La nuit tombe, aussi belle que la Mort
prochaine. Et l'espoir d'une agonie brève et sans douleur
console ceux qui sont assis dans les ténèbres...."

---

4. The symbolist poet Arthur Rimbaud was a precocious talent
who did his best work before the age of twenty. By the mid 1870s he
had turned his back on poetry and left France, and few people had
heard of him. His fame came later, when his work was published in
the *Mercure de France*. He remains one of the foremost French poets,
and his work has influenced many subsequent musicians, writers, and
artists today, such as John Ashbery, Jim Morrison, and Patti Smith. An
edition of Rimbaud's *Poésies complètes*, with a preface by Paul Verlaine
(Léon Vanier, 1895), is known to have figured among Vivien's books
(Albert and Rollet 189).

5. Charles Cros, less well known today than Hugo or Rimbaud,
nevertheless enjoyed a reputation as a talented poet during his lifetime.

6. Myrtis was a Greek poet of the sixth century BCE. She was
reputed to be the teacher of the poet Corinna, the second most important woman poet of ancient Greece after Sappho. Vivien translated
some of her poetry in *Les kithar èdes*.

7. Telesilla was another ancient Greek woman poet translated by
Vivien.

8. Little is known about the ancient Greek poet Erinna, but
she is thought to have been born at Telos. She is also featured in *Les
kithar èdes*.

La saurienne

Conté par Mike Watts

Le soleil est terrible. Le soleil est plus terrible que la peste et les bêtes fauves et les gigantesques serpents noirs. Il est plus terrible que la fièvre. Il est mille fois plus terrible que la mort.

Le soleil m'a brûlé la nuque et les tempes et le crâne, il a desséché et pâli mes cheveux comme de l'herbe, pendant les lourdes chaleurs. Un autre que moi serait devenu fou après les longues marches dans le désert. Il me semblait, par moments, que du plomb fondu ruisselait sur mon front et le long de mes membres. Ah! ah! Un autre que moi serait devenu fou, mais j'ai la tête et le corps solides. J'ai vu des gens hurler et gesticuler comme des démons après les longues journées de marche dans le désert. Le soleil, martelant leurs cervelles d'imbéciles, leur avait donné des idées étranges. Mais moi, j'ai toujours été tranquille et raisonnable.

… Le soleil est terrible.

Vers la fin d'un après-midi où pleuvaient encore de longs rayons aigus comme des javelots, je rencontrai une femme bizarre. Je ne suis pas lâche, mais cette femme me fit peur, par son affreuse ressemblance avec un crocodile.

Ne croyez pas que je sois fou. J'ai toute ma raison, j'ai même une très solide réputation de bon sens. Je vous affirme que cette femme ressemblait à un crocodile.

Elle avait une peau rugueuse comme des écailles. Ses petits yeux m'épouvantaient. Sa bouche m'épouvantait davantage, immense, aux dents aiguës, immenses aussi. Je vous dis que cette femme ressemblait à un crocodile.

Elle regardait l'eau, lorsque j'eus le courage de m'approcher d'elle.

"Qu'est-ce que vous regardez là?" lui demandai-je, curieux autant que sournoisement effrayé.

Elle posa sur mes yeux ses terribles petits yeux de saurien. Instinctivement je reculai.

"Je regarde les crocodiles," me répondit-elle. "Je suis un peu leur parente. Je connais toutes leurs habitudes. Je les appelle par leurs noms. Et ils me reconnaissent quand je passe au bord de la rivière."

Elle parlait d'un ton si simple, si naturel, que je frissonnai d'une glaciale épouvante. Je savais *qu'elle disait la vérité*. Je n'osai fixer sa peau rugueuse comme des écailles.

"Le roi et la reine des crocodiles sont mes amis intimes," poursuivit-elle. "Le roi demeure à Denderah.[1] La reine, qui est aussi puissante et plus cruelle encore que lui, a préféré s'en aller quarante lieues plus haut, afin de régner seule. Elle veut la puissance sans partage. Lui aussi aime l'indépendance; ce qui fait que, tout en restant très bons amis, ils vivent séparés. Ils ne se rejoignent qu'à de rares intervalles, pour l'acte d'amour."

Je vis dans ses prunelles une lueur de férocité libidineuse qui me fit claquer des dents. J'emploie à dessein cette banale expression dont je compris à ce moment toute la force et toute l'horreur. L'effroyable soleil m'opprimait et m'écrasait, tel le poids d'un géant. Feu liquide, il me brûlait. Et pourtant mes dents s'entre-choquaient ainsi qu'en hiver, lorsque les grandes gelées vous engourdissent le sang.

"Je vous crois," haletai-je.

Elle s'approcha de moi, d'un mouvement gauche qui s'insinuait avec lourdeur.... Les minauderies de ce monstre étaient plus terrifiantes que sa difformité.

"Non, vous ne me croyez pas. Comment vous appelez-vous?"

---

1. Dendera: a small town situated on the west bank of the Nile, in Egypt.

"Je m'appelle Mike Watts."

"Eh bien, Mike, je vous affirme que je monte à cheval sur les crocodiles. Me croyez-vous?"

Je suai plus abondamment encore, mais c'était, cette fois, une sueur froide qui me glaçait les membres.

"Oui, je vous crois."

Et, en effet, je la croyais. Je ne suis pas fou. Je n'ai jamais été fou, même dans le désert, même quand j'avais soif. Mais je la croyais, et vous l'auriez crue comme moi.

Elle ricana odieusement, c'est-à-dire qu'elle ouvrit la bouche.... Elle ouvrit toute grande son abominable gueule de caïman, et, en silence, me montra sa denture. Un frisson fit onduler son corps, et voilà tout.... Ô Dieu qui inventas l'enfer!

"Non, vous ne me croyez pas," répéta la Saurienne. "Mais je vais vous prouver la vérité de mon dire."

Elle scruta le fleuve jaunâtre qui charriait du sable et du limon.

"En voici un," dit-elle très bas. "Éloignez-vous."

Je n'attendis pas qu'elle me réitérât son ordre. Je me sauvai à toutes jambes. Mais, à quelque distance de la rivière, je m'arrêtai, ligoté soudain par quelque chose de plus péremptoire que l'effroi même.

... Je l'aperçus, au moment où le crocodile déclenchait ses mâchoires, se hissant sur son dos, et, pendant la durée d'un cauchemar, je la vis, à cheval sur un alligator....

Je ne divague pas. J'ai toute ma raison. Je ne mens pas non plus. Le mensonge, c'est bon pour les civilisés. Nous ne mentons jamais, nous autres. Nous avons la haine des complications.

La Saurienne revint vers moi, laissant le crocodile s'agiter pesamment dans l'eau saumâtre. Elle revint, et ses yeux luisaient de triomphe… et d'autre chose encore.… Elle guetta une exclamation de surprise approbative.… Mais je titubais autant qu'un homme saoûl, et je mâchonnais des syllabes sans cohérence… *ba… bé… bou… bi*.… Et je bavais, comme les idiots.

Elle me regarda de ses prunelles libidineuses et féroces de monstre en rut.

"Viens," commanda-t-elle.

J'essayai de la suivre. Je ne pouvais point. Je fis des gestes étranglés de fou maintenu par une camisole de force.

À quelques pas du lieu où nous étions, il y avait un fouillis d'herbes très hautes, et des arbres dont les branches ressemblaient à des serpents géants. Elle guignait cet abri du coin de l'œil.… Je devinai sans peine ce qu'elle voulait de moi.…

… Il me serait difficile de vous expliquer ce que j'éprouvai à cette minute. Toutes sortes d'idées galopaient dans mon cerveau, à l'égal d'une meute enragée. Je compris qu'il fallait tuer le Monstre, mais comment? mais comment?

… Les balles et la lame glisseraient sur sa carapace sans lui faire aucun mal. Voyons, n'aurait-elle pas un seul point vulnérable? Non…. Si…. Les yeux…. LES YEUX!

Je fus saisi d'une joie de fièvre et de délire, de cette joie que seuls connaissent les naufragés enfin rendus à la terre et les malades qui voient l'aube dissiper leur nuit d'horribles hallucinations. Je dansais, je faisais siffler ma salive. Je balbutiai même à ma redoutable compagne de stupides paroles d'amour.

Je vidai ma gourde d'un trait. La pensée de ma délivrance prochaine coula dans mes veines, avec la bienfaisante chaleur du brandy…. J'eus ainsi la force d'accomplir la meurtrière besogne…. Et, lorsque la Saurienne, les regards chavirés sous les paupières ivres, attendait la satisfaction charnelle, je pris mon couteau. Je pris mon couteau, et, atteignant le monstre vautré dans l'herbe, je lui crevai les yeux.…

Je lui crevai les yeux, vous dis-je. Ah! c'est que je suis courageux, moi! On peut clabauder sur mon compte, mais on ne prétendra jamais que je suis un lâche. Beaucoup d'hommes auraient perdu la tête, à ma place. Moi, je n'ai pas hésité une seconde.…

Et, en m'éloignant, je me retournai pour voir une dernière fois le fleuve jaunâtre qui charriait du sable et du limon.

LE VOILE DE VASTHI

Innocente comme le Christ, qui est mort pour
les hommes, elle s'est dévouée pour les femmes.

—Gustave Flaubert,
Tentation de saint Antoine

La reine Vasthi prépara un festin pour les femmes dans la
maison du roi Ahasuérus.[1]
La cour du palais resplendissait à l'égal des couchants.
Le pavé de nacre et de pierres noires était ensanglanté
de roses. Les colonnes de marbre étaient enguirlandées
de daturas.[2] Au-dessus des lits d'or, frissonnaient les

---

1. The story of Vashti, queen of Persia and the first wife of the
Persian king Ahasuerus, is told in the biblical Book of Esther (1:9–22).
The usual interpretation of Vashti's behavior is that she was sinfully
proud of her beauty and therefore rightly punished and replaced by
Queen Esther, but there was a growing sense in nineteenth-century
feminist circles that wives might not always owe their tyrannical hus-
bands blind obedience and that Vashti acted out of exemplary mod-
esty. In Charlotte Brontë's novel *Villette* (1853), an independent-minded
character based on the French actress Rachel (Elisabeth Félix) is named
Vashti, for example.
2. The datura, or moonflower, is a poisonous plant with
trumpet-shaped flowers. The flowers and seeds can cause hallucinations, and in some folklore traditions, a person who falls asleep under
a datura will wake up insane.

tentures vertes, bleues et blanches, attachées par des cordons de byssus[3] à des anneaux d'argent.

Le festin dura sept jours. Les esclaves versaient à boire dans des vases de malachite, différemment ciselés, et il y avait abondance de vin royal.

Le septième jour, Vasthi, qu'entouraient les princesses de Perse et de Médie et les femmes des grands et des chefs de province, écoutait les Musiciennes. Elles chantaient la puissance et la sagesse des reines de l'Inde, qui ont pour amants les serpents glauques.

Vasthi était belle de visage autant que la nuit. Ses orgueilleux sourcils dessinaient un arc triomphal. Ses paupières s'abaissaient, solennelles comme les paupières violettes du Sommeil. Et ses yeux noirs, où l'Éthiopie rayonnait tout entière, étaient de vastes pays inconnus.

Les Musiciennes se turent. Une vieille esclave juive conta la légende d'Eblis et de cette Lilith, qui fut créée avant Eve et qui fut la Première Femme.

"... Et Lilith, dédaigneuse de l'amour de l'homme, préféra l'enlacement du Serpent. C'est pourquoi Lilith est châtiée pour les siècles. Quelques-uns l'ont vue, par les clairs de lune mélancoliques, pleurer sur les ser-

---

3. "Byssus," or sea silk, is a form of rare and expensive fabric made from the byssus, or filaments, of certain species of mussels.

pents morts. Elle est pareille aux rêves surnaturels des solitaires. Elle tourmente de songes la candeur des sommeils. Elle est la Fièvre, elle est le Désir, elle est la Perversité, En vérité, Lilith est châtiée pour les siècles, car rien n'assouvira jamais sa faim d'Absolu."

"J'aurais été Lilith," songea tout haut la reine Vasthi.

"Eblis, à l'égal de sa compagne mortelle, est maudit, ô Souveraine. Eblis est l'astre déchu qui sombre dans les ténèbres. Car il a rêvé d'être l'Egal de Dieu."

"J'aurais été Eblis," songea tout haut la reine Vasthi.

"Eblis est le premier des vaincus, ô Souveraine…. Car Eblis a voulu l'Impossible."

"J'aime les vaincus," murmura Vasthi. "J'aime tous ceux que tente l'Impossible."

La vieille Juive qui avait la connaissance des temps semblait se recueillir. Vasthi déchiqueta un lotus rose.

… Un tonnerre de rires ébranla les colonnes de marbre et fit trembler la nacre et le porphyre du pavé. C'étaient les courtisans, ivres par la magnificence du roi. Le roi, dont le cœur était réjoui par le vin, les encourageait.

Vasthi baissa les paupières, afin de dissimuler le mépris au fond de ses prunelles éthiopiennes. Ses membres exhalaient les aromates et l'huile de myrrhe et les parfums en usage parmi les femmes.

Les tentures vertes, blanches et bleues s'écartèrent.…
Vasthi se couvrit le visage d'un voile gris, gemmé de
béryls, qui semblait un crépuscule marin.

Les sept eunuques qui servaient devant le roi Ahasuérus entrèrent, de leur pas silencieux. Les princesses de
Perse et de Médie cessèrent leurs chuchotements et leurs
murmures.… Ils s'agenouillèrent aux pieds de la reine
Vasthi et lui firent connaître l'ordre du roi Ahasuérus.
Vasthi les considéra, à travers le voile gris, de ses yeux
pareils aux yeux ennuyés des lions.

Dans le silence qui suivit les paroles des messagers, on
entendit s'effeuiller une rose.

Vasthi se leva du lit d'or et parla, debout et royale:

"Ô princesses de Perse et de Médie, le roi Ahasuérus a
ordonné à Mehuman, Biztha, Harbona, Bigtha, Abagtha,
Zéthar et Carcas, les sept eunuques qui servent devant le
roi Ahasuérus, d'amener en sa présence la reine Vasthi,
ceinte de la couronne royale, pour montrer sa beauté aux
peuples et aux grands.…"

Il y eut un silence anxieux. Cet ordre du roi Ahasuérus était en vérité une chose qui n'avait point d'exemple
dans l'histoire des Perses et des Mèdes, ni dans l'histoire
de l'Inde, ni dans l'histoire des Éthiopiens. Car l'impur
regard des hommes ne doit point profaner le mystère du
visage féminin.

Vasthi reprit d'une voix très lente:

"Voici la réponse de la reine Vasthi au roi Ahasuérus: *Lorsque la reine Vasthi reçut par les eunuques l'ordre du roi Ahasuérus, la reine Vasthi refusa de venir.*"

Les eunuques se retirèrent. Tous les visages étaient changés. Une princesse persane laissa choir la coupe dans laquelle elle avait bu, et le vin du roi se répandit sur le porphyre et la nacre du pavé.... Le vin du roi se répandit, rouge comme une coulée de sang. La vieille Juive déchira sa robe et se frappa la poitrine:

"Malheur sur toi et sur nous, ô reine!"

Rigide, et pareille à une statue de marbre aux yeux de pierres noires, Vasthi parla ainsi aux princesses de Perse et de Médie:

"Je ne dévoilerai point mon front sacré devant la foule des courtisans ivres. L'impur regard des hommes ne doit point profaner le mystère de mon visage. L'ordre du roi Ahasuérus est un outrage à mon orgueil de femme et de reine."

La vieille Juive, saisissant une cassolette où brûlaient des parfums, couvrit de cendres sa tête blanche, et se lamenta.

"La rébellion est une chose funeste, ô reine! Songe à la rébellion d'Eblis.... Songe à la rébellion de Lilith.... Songe à l'éternel châtiment de Lilith et d'Eblis!"

"Qu'importe!" dit alors la reine Vasthi.

Et elle prononça ces paroles solennelles:

"Ce n'est pas seulement en songeant au roi Ahasuérus que j'ai agi…. Car mon action parviendra à la connaissance de toutes les femmes, et elles diront: *Le roi Ahasuérus avait ordonné qu'on amenât en sa présence la reine Vasthi, et elle n'y est pas allée.* Et, dès ce jour, les princesses de Perse et de Médie sauront qu'elles ne sont plus les servantes de leurs époux, et que l'homme n'est plus le maître dans sa maison, mais que la femme est libre et maîtresse à l'égal du maître dans sa maison."

Les princesses de Perse et de Médie se levèrent et se regardèrent avec des yeux nouveaux, où rayonnait l'orgueil de l'être affranchi.

La vieille Juive se lamentait toujours….

Les tentures vertes, blanches et bleues s'écartèrent une seconde fois. Et les sept eunuques du roi Ahasuérus reparurent.

Les sept eunuques, Mehuman, Biztha, Harbona, Bigtha, Abagtha, Zéthar et Carcas, parlèrent ainsi à la reine Vasthi:

"Ô reine, lorsque le roi entendit la réponse de la reine Vasthi au roi Ahasuérus, le roi fut très irrité, il fut enflammé de colère. Alors le roi s'adressa aux sages qui avaient la connaissance des temps. Il avait auprès de lui Carschena, Schéthar, Admatha, Tarsis, Mérès, Marsena, Memucan, sept princes de Perse et de Médie, qui voient la face du roi et qui sont les premiers dans son royaume.

Quelle loi, dit-il, faut-il appliquer à la reine Vasthi pour n'avoir point exécuté ce que le roi Ahasuérus lui a ordonné par les eunuques? Memucan répondit devant le roi et les princes: *Ce n'est pas seulement à l'égard du roi que la reine a mal agi, c'est aussi envers tous les princes et tous les peuples qui sont dans toutes les provinces du roi Ahasuérus. Car l'action de la reine parviendra à la connaissance de toutes les femmes et les portera à dédaigner leurs époux. Elles diront: 'Le roi Ahasuérus avait ordonné qu'on amenât en sa présence la reine Vasthi, et elle n'y est pas allée.' Et dès ce jour, les princesses de Perse et de Médie qui auront appris l'action de la reine le rapporteront à tous les chefs du roi: de là, beaucoup de mépris et de colère. Si le roi le trouve bon, qu'on publie de sa part et qu'on inscrive parmi les lois des Perses et des Mèdes, avec défense de la transgresser, une ordonnance royale d'après laquelle Vasthi ne paraîtra plus devant le roi Ahasuérus, et le roi donnera la dignité de reine à une autre qui soit meilleure qu'elle. L'édit du roi sera connu dans tout le royaume, quelque grand qu'il soit, et toutes les femmes rendront honneur à leurs époux, depuis le plus grand jusqu'au plus petit.*

"Cet avis fut approuvé du roi et des princes."

Les princesses de Médie et de Perse pleuraient en silence.

Vasthi se leva, et, dans un geste hautain, ôta de ses cheveux la couronne royale. Elle ôta également les perles de son cou, les saphirs pâles de ses doigts, les béryls de ses bras et les émeraudes de sa ceinture. Elle se dépouilla de ses robes de byssus et de pourpre, et revêtit la tunique déchirée de la vieille Juive. Puis elle ceignit son front de lotus roses, et s'enveloppa toute dans son voile crépusculaire.

"Où vas-tu, Maîtresse?" sanglota la vieille Juive, prosternée.

"Je vais vers le désert où les êtres humains sont libres comme les lions."

"Aucun homme n'est jamais revenu du désert, Maîtresse, et jamais une femme ne s'y est aventurée."

"J'y périrai peut-être de faim. J'y périrai peut-être sous la dent des bêtes sauvages. J'y périrai peut-être de solitude. Mais, depuis la rébellion de Lilith, je suis la première femme libre. Mon action parviendra à la connaissance de toutes les femmes, et toutes celles qui sont esclaves au foyer de leur mari ou de leur père m'enverront en secret. Songeant à ma rébellion glorieuse, elles diront: Vasthi dédaigna d'être reine pour être libre."

Et Vasthi s'en alla vers le désert où les serpents morts revivent sous les rayons de lune.

BRUNE COMME UNE NOISETTE

In this story, Vivien appears to be conflating two sources. "The Nut-Brown Maid," or "The Nut-Brown Maiden," is a traditional ballad included by Thomas Percy in his anthology Reliques of Ancient English Poetry *(1765). A three-volume edition of this work (Swan Sonnenschein, 1889) is among the books from Renée Vivien's personal collection now in the Bibliothèque Historique de la Ville de Paris (Albert and Rollet 193). This (English) version dwells on the theme of women's fidelity. A man tests his would-be lover's constancy by telling her he has been outlawed and must take to the woods. The woman agrees to follow him. He warns her that the conditions will test her love and that, among other things, she will have to disguise herself as a man; endure harsh conditions; and face slander, punishment, and even death if caught. Nell in this story seems to take after this woman, suggesting that Percy's is the model Vivien had in mind. There is also a Scottish ballad called "My Nut-Brown Maiden," but the lyrics are merely about a man who misses his brown-eyed girlfriend, whom he hopes to see soon. Jerry describes Nell as having nut-brown eyes (and hair), but she is also tanned from spending so much time outdoors. This is in contrast to the valorization of fair, white skin as part of the ideal of female beauty at the time, since tanned skin was associated with outdoor work and therefore with manual, lower-class labor.*

Nell était, certes, une excellente compagne d'aventures. Elle était aussi brave, aussi vigoureuse et plus intelligente qu'un garçon. Je l'aimais beaucoup et je désirais en faire ma maîtresse. Mais elle ne voulait pas.

Pourquoi? Est-ce que je sais, moi qui n'ai jamais eu le temps d'étudier les femmes? Et puis, les femmes m'agacent. Je ne comprends rien à leurs façons. Je préfère les fauves. Au moins, ça se laisse prendre, et, une fois qu'on les a pris, voilà, c'est pris, il n'y a pas à revenir là-dessus. Tandis que les femmes, sacré nom de Dieu!... Une fois qu'on les tient, il faut les garder. Et c'est qu'on ne peut pas les garder. On doit surtout se méfier d'elles quand elles vous disent qu'elles vous aiment. Quand elles ne vous disent rien, il se peut que vous leur plaisiez. Et encore ça n'est pas sûr. Quand elles vous disent qu'elles vous détestent, il y a beaucoup de chances pour que ce ne soit pas vrai. Mais c'est peut-être aussi l'aveu involontaire de la haine secrète que toute femme, consciemment ou inconsciemment, recèle contre les hommes. Voilà que je parle comme dans un livre. Et tout ça pour ressasser en fin de compte qu'avec les femmes tout est possible et que rien n'est certain.

Je ne suis pas roublard, moi. J'ai été, par conséquent, moins souvent mis dedans que les autres qui l'étaient. Il ne faut pas être roublard avec les femmes. Elles s'en aperçoivent toujours, mais, comme elles sont plus fortes que vous, elles font semblant de ne rien voir. Alors, sans que vous en sachiez rien, elles vous jouent une petite

comédie remarquable. Et l'on est roulé. Moi, je plains
beaucoup les hommes qui se vantent de leurs conquêtes
féminines. Ce qu'ils ont dû être cocus sans le savoir, les
malheureux!

... Nell, ce n'était pas une vraie femme, et pourtant,
elle n'était pas laide. Elle avait un beau front et de belles
paupières. J'aime les longs pieds creux et les longues
mains maigres. Je déteste les petits pieds inaptes aux
marches interminables et les petites mains qui ne savent
point manier ni le revolver ni la carabine. Les femmes, en
général, sont bien encombrantes. Mais Nell, ce n'était pas
une vraie femme,

Je ne sais pourquoi elle ne voulut point devenir ma
maîtresse, Nous n'avons pas de morale, dans les grands
bois. Seulement, elle était réfractaire à l'amour. Il y a
beaucoup de femmes qui ont instinctivement horreur du
mâle. Ce n'est pas qu'elle eût pour moi une haine profonde. Elle m'avait voué au contraire une affection fraternelle. Quand je me blessai à la main, elle me pansa
mieux qu'une religieuse. Elle me consola même avec
toutes sortes de paroles amicalement douces.

"Mon pauvre vieux," répétait-elle, quoique je n'eusse
alors que trente ans....

Je n'oublierai jamais ses yeux bruns comme des noi-
settes, et ses courts cheveux de la couleur du sable. Je
l'appelais: *The Nut-Brown Maid*, en souvenir d'un vieille

ballade écossaise. Elle aussi était une vierge brune comme une noisette.

Je disais donc qu'elle m'aimait beaucoup, en ami, en camarade, en compagnon de chasse. Mais, lorsque je voulus lui faire partager le désir sournois qui peu à peu s'était glissé dans mes veines, je me heurtai à sa volonté rigide, ainsi qu'à une muraille de fer. À ces moments-là, elle me considérait avec une telle horreur farouche dans le regard, une telle répulsion de tout son être, subitement hostile, que je dus battre en retraite. Seuls lui plaisaient le grand air, les marches à travers la forêt, les fleurs sauvages cueillies en chemin, et le péril et l'aventure. Elle était faite pour le péril et l'aventure autant que moi. Nous nous aimions en frères. Au fond de notre amitié, pourtant réelle, croupissait une vase corrompue de soupçon, de haine même. Elle se défiait de moi, et je n'oubliais pas mon ressentiment féroce de mâle dédaigné. Les hommes sont des cochons, voyez-vous, de simples cochons: c'est d'ailleurs leur unique supériorité sur les femmes, qui ont parfois la faiblesse et le tort d'être bonnes.... Je ne pardonnerai jamais à Nell de ne point avoir voulu être ma maîtresse.... Je ne le lui pardonnerai jamais, non, pas même à mon lit d'agonie....

Un incident, surtout, me vexa. Nous étions en pleine forêt, par un soir très vert, lorsque je tentai de l'embrasser sur la bouche. Elle me planta entre les deux yeux un coup de poing si formidable que j'en fus défiguré pendant plus de deux semaines.... Deux semaines pendant lesquelles mes camarades de chasse me raillèrent impitoyablement. Mais ce ne fut pas tout. Elle ajouta l'insulte au dommage physique causé par elle.

"J'aimerais mieux avaler un crapaud que de me laisser embrasser par toi," dit-elle en montrant du doigt la minuscule bête brune qui lui avait suggéré cette comparaison peu flatteuse pour ma personne.

Une idée, assez lâche, je l'avoue, mais ingénieuse, traversa ma cervelle. Tout endolori, je me livrai à une chasse effrénée, qui eut pour résultat la capture du petit crapaud.

"Avale-le tout de suite," ordonnai-je, "ou je t'embrasse de force."

Elle me regarda bien en face. Grave, elle comprit que je ne plaisantais point. Un mépris inexprimable serpenta sur ses lèvres minces, lèvres d'ascète et d'ermite. Elle prit l'affreuse bestiole, et l'avala, un peu plus pâle seulement.

Ce menu fait me découragea. Je ne tentai plus de l'embrasser. Et je lui en voulus mortellement.

Un jour, elle vint à moi, ses yeux de noisette plus clairs et plus joyeux que d'ordinaire.

"J'ai un projet superbe à te soumettre, dear old Jerry. Tu sais que j'ai infiniment d'affection pour toir quoique j'aie choisi d'avaler un crapaud plutôt que de t'embrasser. Je vais te prouver mon amitié en t'emmenant avec moi ce soir. Dès le crépuscule nous nous en irons, en canot. Nous prendrons une torche pour nous éclairer. Et nous aurons une chasse aux flambeaux magnifique, à nous deux. Nous tuerons beaucoup de cerfs avant demain matin."

"Je veux bien," acquiesçai-je. Et, le soir même, nous nous embarquâmes dans un canot qu'un vieil Indien prêta à Nell.

Quelle inoubliable magnificence! La torche ensanglanta le fleuve de reflets écarlates. On aurait cru voir dans l'eau l'embrasement d'un palais. Les deux rives se détachaient en sanguine. Les arbres érigeaient des feuillages rouges, ainsi qu'en octobre.... C'était aussi beau qu'un paysage d'enfer. Seulement, en fait de damnés, il n'y avait que moi. Et je ne crois pas avoir commis de péché assez grandiose pour mériter cette mise en scène splendide.

"Là-bas!" chuchota Nell impérieusement.

Elle désignait, de son doigt tendu, la rive droite. Je vis deux larges prunelles qui reflétaient la lueur rouge.

"Un cerf!" exultai-je. Je saisis mon fusil, et, visant entre les deux prunelles lumineuses, je tirai. Nous entendîmes un froissement de feuilles et de roseaux, puis l'eau remuée par une chute lourde.

Nell eut un cri de joie lorsque nous découvrîmes à la surface un superbe daim, que je happai par les andouillers et hissai triomphalement dans le canot.

Nell ressaisit la pagaie et nous descendîmes le fleuve en silence.

C'était une belle nuit jaune. Les ténèbres ressemblaient à des couches d'ambre très épaisses. La lune ruisselait, telle une coulée d'or en fusion. Et les étoiles au fond du fleuve étincelaient ainsi que les paillettes d'une jupe d'arlequine.

En moi pleurnichait sottement quelque chose de sentimental. Si l'histoire du crapaud ne m'eût trotté encore dans la cervelle, j'aurais aimé Nell, à cet instant, d'une tendresse passionnée. Je ne sais pas tourner de longues phrases, mais j'aurais pris sa main entre les miennes, et je serais devenu meilleur. Je n'aurais plus eu de colère ni de haine contre personne. J'aurais pardonné à cet Indien qui m'a volé ma montre d'argent. Je lui aurais même pardonné, à elle, l'amour stupide qui me faisait souffrir. Je serais devenu crédule et confiant, comme les tout petits. J'aurais fait, pour elle et par elle, des actions méritoires et désintéressées. J'aurais rendu des services aux gens. J'aurais cessé de me battre, même avec les Tuscaroarers.[1] Afin de me rapprocher d'elle, j'aurais été doux comme

---

1. The Tuscarora, a North American tribe.

elle. Oui, j'aurais cessé d'être brave pour être bon, et n'est-ce point là le plus grand sacrifice que l'on puisse faire à une femme?

… J'entrevoyais, dans l'ombre, le beau front et les belles paupières baissées de Nell. Tout en me traitant avec justice d'idiot, je me sentais devenir bête autant qu'un livre de poésie.

La voix basse de la Nut-Brown Maid interrompit ma rêverie inepte.

"Ces yeux qui se posent sur nous à travers les buissons! As-tu vu ces yeux, Dirk?[2] Ce ne sont pas des yeux de cerf.… Ils brillent d'une tout autre façon. Et puis, ils sont plus petits et moins rapprochés.… Les aperçois-tu, là-bas? Comme ils brillent à travers les buissons!"

"Tu as raison, Nell."

"Et puis, vois comme ils bougent! Les yeux des cerfs ne bougent pas de cette façon. Les cerfs ne remuent pas

---

2. Elsewhere, the narrator's name is Jerry, but here Nell calls him Dirk, the name of the character in "Trahison de la forêt." This seems to be a lapse on the part of Vivien. Although she proofread her work carefully (see Goujon), she does not seem to have caught this inconsistency. In a series of letters from early 1904, she sent her corrections of the page proofs of *La dame à la louve* to her publisher (Albert and Rollet 202–03). In a letter of April 1904, she lists, page by page, the changes she wants made to pages 133–200 of the proofs, a range that includes the story "Brune comme une noisette," but she makes no mention of correcting the name Dirk.

la tête en cercles irréguliers, comme cela. Leurs regards passent rapidement d'une chose à l'autre ou se fixent avec intensité…. Les cerfs n'ont point ces prunelles indécises et clignotantes, Jerry."

Mon fusil troubla le fleuve et la nuit d'un petit tonnerre bref.

"Ne tire pas, imbécile!" me cria Nell….

Mais il était trop tard. Le coup était parti.

Nous regardâmes vers la rive. À ma grande surprise, les yeux se posaient toujours sur nous à travers les buissons. Mais ils brillaient d'une rousse lueur de colère.

Je me tournai vers Nell, attendant l'explication de l'énigme.

Un grognement de pourceau furieux parvint jusqu'à nous. Je me sentis blêmir. La Nut-Brown Maid elle-même se troubla un peu.

Nous avions affaire à un ours gris….

"Ta balle l'a certainement atteint," murmura Nell. "Pourvu qu'il ne nous attaque pas!"

Un craquement de feuilles…. Un plongeon brusque et lourd…. Les craintes de Nell se réalisaient. L'ours nageait à notre poursuite.

De toutes ses forces, de tout son courage, Nell poussa en avant le canot. Nous glissâmes rapidement sur le fleuve, suivis par l'ours ronflant et reniflant.

L'incertitude nocturne nous enveloppait.

"S'il nous rejoint," disait Nell, très calme, "le canot chavirera sous son poids. Il nous faudra nager, comme l'ours. Et l'un de nous ne gagnera jamais la rive."

J'eus le très naturel espoir que ce serait elle.... Nous étions désarmés. Nos fusils avaient glissé au fond de la barque, et l'eau les avait mis hors d'état.... Et, par un diabolique hasard, je ne retrouvais point mon couteau.

Je me tournai vers la jeune fille, dont la pagaie fendait l'eau inlassablement. Soudain, elle se dressa d'un bond inquiet.

"Écoute, Jerry...."

Nos regards appréhensifs se croisèrent. Nous entendîmes un bruit d'eau tombante.

"Ce doit-être la cascade que nous avons entendue plus haut, à la courbe du fleuve," hasardai-je.

"Non.... Le bruit de l'eau est proche... Jerry, Jerry, la cascade n'est plus à cent mètres d'ici.... Sers-toi, comme d'une rame, de la crosse de ton fusil et aide-moi à arrêter le canot."

Nous parvînmes à ralentir l'esquif, et nous espérions le diriger vers la rive, lorsqu'un choc pesant fit osciller l'arrière de l'embarcation. La torche vacillante nous révéla la tête et les longues griffes recourbées de l'ours. L'instabilité du canot, qui dansait éperdument et menaçait de tourner la quille en l'air, ne découragea point la bête tenace, mais nous donna un instant de répit.

Nell me regarda, de ses yeux indomptables.

"As-tu peur, Jerry? Moi, je n'ai point peur.... Ce sera peut-être très court.... Je t'ai toujours porté beaucoup d'affection, mon frère Jerry...."

Un élan d'amour, furieux comme le désespoir, me poussa vers elle.

"Puisque nous allons mourir tous les deux, ma chérie, mon aimée.... Puisque nous allons mourir dans dix minutes, dans cinq minutes, dans trois minutes, peut-être.... Donne-moi tes lèvres.... Laisse-moi t'embrasser sur la bouche.... Et je mourrai plus heureux que je n'ai vécu. Je serai même content de mourir."

Elle était hostilement pure comme une de ces petites bêtes marines qui vivent tapies en un coquillage aux parois de nacre.... Je vis la contraction douloureuse de tout son visage brun.

"Je ne peux pas, Jerry. Même devant les grandes ténèbres, je ne peux pas.... Et pourtant, je t'aime bien, mon frère Jerry...."

Ce fut plus amer que l'idée de la mort.... Certes, j'étais grossièrement bête ce soir-là, au delà de ma coutume.

Elle se ressaisit rapidement.

"Tout espoir n'est pas perdu, Jerry. Il ne faut pas mourir sans avoir combattu la Mort."

Je lui répondis, avec un geste découragé:

"Si nous atterrissons, nous tombons aux griffes de l'ours…. Et, si nous n'atterrissons pas, le courant nous emportera par-dessus la cataracte…. Elle est peut-être très haute…. Elle peut mesurer une cinquantaine ou même une centaine de pieds."

"Dans ce cas, dirigeons-nous vers la terre," décida Nell. "Saisis, en attendant, ton fusil par le canon et cogne sur le museau de l'ours."

J'obéis et nous glissâmes vers la terre. Soudain, retentit un craquement plus atroce qu'un coup de revolver tiré dans l'oreille…. Je ne pus retenir un cri d'épouvante…. Nell, silencieuse ainsi que la Bravoure, me montra le manche inutile de la pagaie brisée.

"À la nage!" criai-je.

"Il est trop tard, Jerry…."

Le courant nous emportait irrésistiblement vers la cataracte.

Assis dans les ténèbres et dans l'ombre de la mort, nous nous regardâmes une dernière fois. J'emporterais, jusqu'en l'inconnu, l'amertume de son refus replié.

"Oh! comme la Mort est froide!" grelotta Nell.

… L'horrible souvenir!… Le canot bondit en avant. Ce fut la chute abominable…. Du bruit…. De l'eau…. De

l'écume.... De la poussière d'eau.... De la fumée d'eau....
Embruns et vapeurs.... Ténèbres....

... Et le réveil....

Nous flottions doucement sur des flots très calmes. Le
tonnerre de la cataracte n'était plus qu'un écho. Nell, les
paupières baissées, paraissait se recueillir.

Ma tête tournoyait ainsi qu'une balle d'enfant. Cette
stupeur où je plongeais ressemblait à la douloureuse hé-
bétude des lendemains d'ivresse.

"Nell...." appelai-je très bas.

Les belles paupières se relevèrent lentement.

Je ne trouvai que des paroles stupides.

"Ce n'était qu'une petite cascade, après tout.... Si
j'avais su!... Et l'ours?"

Nous le vîmes, à travers l'obscurité jaune, nageant vers
la rive. L'effroi de cette chute inattendue avait détourné
sa colère. Il préférait lâcher sa vengeance et se diriger
vers la sécurité de la rive.

"Il y a des imbéciles pour dire qu'on ne meurt qu'une
fois, Jerry.... Moi, j'aurai connu deux agonies...."

PSAPPHA CHARME LES SIRÈNES

This story draws upon Greek mythology and German folklore. The siren, which over time has merged with the folkloric figure of the mermaid (part woman, part fish), was in Greek mythology part woman and part bird. Confined to an island as punishment, the sirens lured sailors with their song to come closer to the rocky shores and risk shipwreck. In Homer's Odyssey, *Odysseus avoids this peril by stuffing up the ears of his crew and lashing himself to the mast of his ship. The sirens' danger stemmed from their charm (their singing was irresistible), and so they are an early version of the femme fatale figure. Here, Vivien explores the idea that sirens might in turn be charmed themselves, in this case by the singing of the poet Sappho, whose name she spelled Psappha according to the poet's own (Dorian) dialect.*

The Venusberg (mountain of Venus) is an otherworldly place from German medieval folk literature that blends pagan goddess worship (Venus) with Christian chivalric tradition. The story comes to be associated with the knight Tannhauser (or Tann-häuser), who starts out worshipping Venus in the mountain realm, then repents and seeks forgiveness from the Pope. When the Pope denies his petition, Tannhauser returns to Venus and her mountain home. Vivien would most likely be familiar with this tale through the work of Wagner, whose opera Tannhäuser *of 1845 foregrounded the erotic nature of the hero's time in the Venusberg. Vivien was a fan of Wagner's music and often went to Bayreuth in Germany for the annual festival of his work. Vivien may also have been aware of the extracts from the decadent artist Aubrey*

Beardsley's Under the Hill *that were published in London in the* magazine The Savoy *in 1893–94. The original manuscript, retitled* The Story of Venus and Tannhäuser, *was published for the first time in full in 1907, years after Beardsley's early death in 1898. Beardsley, too, emphasized the erotic side of the hero's adventures "under the hill." Vivien probably appreciated along with the story's erotic possibilities its accommodation of pagan gods and goddesses within the Christian realm. She liked to imagine a pre-Christian world in which homoerotic relations were accepted and there was no concept of sin.*

———————————

Celle qui incarna ma Destinée, Celle qui, la première, me révéla à moi-même, me prit par la main. Elle me prit par la main et me mena vers la grotte où les chants de Psappha charment les Sirènes.

Ainsi qu'autrefois la Déesse s'ensevelit au fond du Vénusberg et y régna malgré les siècles différents et l'univers changé, ainsi les Musiciennes se réfugient dans une grotte de la Méditerranée. Les bleues stalactites y scintillent lointainement ainsi que de froides étoiles. La mer murmure autour des roches, dont la chevelure d'algues vertes est gemmée d'anémones. Un peu d'écume se brise contre les parois plus polies que le marbre.

"Viens," me dit la vierge qui incarna mon Destin. "Mais souviens-toi que celles qui entrent dans cette grotte ne s'en retournent jamais parmi la foule des vivants."

"Comme elles, tu subiras éternellement le sortilège du Passé. Les vagues assourdiront pour toi les lointains beuglements de la multitude. L'ombre glauque du soir te fera mépriser la lumière du jour. Tu seras étrangère à la race des hommes. Leurs joies te seront inconnues, leurs blâmes te seront indifférents. Tu seras autre, jusqu'à la fin de ton existence humaine. Tu seras plus morte que les rayonnants fantômes qui t'entoureront, et qui gardent la survivance confuse des Illustres. Psappha t'offrira la fleur de ses grâces. Éranna te parlera d'Agatharchis et de Myrô. Nossis tressera pour toi ses iris mauves. Télésilla te vantera la valeur des héroïnes. Anyta évoquera dans ses strophes pastorales la fraîcheur des fontaines et l'ombre des vergers. Moïrô t'inquiétera par l'énigme de son regard byzantin. Le Passé, plus vivant et plus sonore que le Présent, te retiendra dans ses filets argentés. Tu seras la captive du songe et des harmonies disparues. Mais tu respireras les violettes de Psappha et les crocus d'Eranna de Télos. Tu contempleras les blancs péplos des vierges qui s'inclinent en cueillant les coquillages aussi délicatement mystérieux que les sexes entr'ouverts. Parfois, assises sur une roche, elles écoutent l'âme marine des conques. Vers le soir, les Kitharèdes leur chantent les chants de leur pays. Viens!"

Et j'entendis un accord pareil à la brise du couchant qui soupire à travers les pins nocturnes....

Mon étrange compagne me prit par la main, et je la suivis dans la grotte où Psappha charme les Sirènes.

Le Club des Damnés

Here Vivien adapts a work by Catherine Ann Stevens Crowe, an English author who wrote novels, plays, and short stories, including tales for children. Crowe enjoyed considerable success during her lifetime in mid-century Victorian Britain thanks in part to a successful theatrical adaptation of her novel The Adventures of Susan Hopley *(1841).* The Night Side of Nature *is a two-volume collection of supposedly true anecdotes with various supernatural themes (ghosts, premonitions, and the like) that originally appeared in 1848 but was much reprinted, translated into German and French, and widely influential. Crowe's interest in the supernatural coincided with a period of mental illness. In February 1854, for example, she was found naked and wandering the streets of Edinburgh (where she then resided), convinced that she was invisible. The story that Vivien has adapted appears toward the end of volume 1. Crowe presents the story, set in the eighteenth century, as "not a fiction, but the relation of an undoubted and well-attested fact" (356). The debauched protagonist, Mr. Archibald B. (the name Ninian appears to be Vivien's invention), has a dream in which he is afforded a vision of hell, where the innocent pleasures of earth have turned into a torture because there is no respite from them. A year and a day after the dream, as predicted, the unrepentant Archibald is discovered lying dead beside his horse. Crowe draws the moral that, while there is no harm in frivolous earthly pursuits, "if people make these things the whole business of their lives, and think of*

nothing else, cultivating no higher tastes, nor forming no higher
aspirations, what sort of preparation are they making for another
world?" (361).

———————

Le *Glasgow Hell Club*, raconte une *authoress* anglaise,
Mrs Crowe, dans un curieux volume, *The Night-Side of*
Nature,[1] était la fable de la bonne ville puritaine. Ses or-
gies étaient sévèrement commentées par les modernes
disciples de John Knox,[2] qui hochaient en chœur leurs
respectables têtes écossaises.

Le Club des Damnés tenait séance toutes les nuits.
Ces veilles se prolongeaient jusqu'au petit jour. Et les
rares passants éveillés dès le premier crépuscule contem-
plaient, en dissimulant une crainte vague, les fenêtres
encore éclairées du Club. Les lumières s'atténuaient,
spectrales, dans la vaste clarté réprobatrice. Des chansons rauques s'élevaient en zig-zag, entrecoupées par des
hoquets d'ivrognes. Et l'horreur des rires fusait, sinistre
comme des baisers sans amour.

Tout ce que la débauche a d'abject et de crapuleux était
recherché avidement par les membres du Club démo-
niaque. On les haït avec effroi. On les méprisa avec pru-
dence. On s'écartait sur leur insolent passage.

———————

1. *Le côté nocturne de la Nature* [note in original text].
2. John Knox was a minister who led the Scottish Reformation and
founded the Presbyterian Church of Scotland.

Le plus cynique des Damnés fut Ninian Graham. Ce jeune Ecossais, qui n'était ni sans talent ni sans avenir, s'était enlizé[3] dans le plaisir du vice. Sa majorité à peine atteinte, il abandonna ses études pour ses maîtresses, Barbara et Maggie, et, n'ayant pu choisir entre elles, il se ruinait impartialement pour toutes deux.

Un soir de novembre, Ninian se dirigea vers la montagne. Le cheval suivait vaillamment la sente rocailleuse qui longeait un abîme, lorsqu'un Etranger, embusqué derrière une roche spectrale, s'élança sur le chemin, et, saisissant la bride de la bête:

"Viens!" dit-il au jeune Ecossais immobilisé par une incompréhensible terreur.

"Où me conduisez-vous?" grelotta enfin la voix de Ninian.

"En Enfer!" répondit l'Inconnu, dont il ne voyait que les prunelles vastes comme le désespoir des ténèbres.

… Et l'Inconnu entraîna Ninian dans le gouffre…. Ils tombèrent…. Ils tombèrent, pendant un temps incalculable. L'Inconnu parla enfin:

"Nous voici au terme."

Ninian s'attendait à des clameurs féroces, à des blasphèmes et à des grincements de dents. Ses tempes moites

---

3. The spelling "enlizé" (for *enlisé*) is not mentioned in Vivien's letters listing corrections.

se glacèrent. Ses paupières battirent puis se refermèrent
sur ses prunelles sans regard.

Un murmure de voix le réveilla de sa stupeur misérable. Violemment, il ouvrit ses yeux hébétés.

... Il était chez sa tante, morte depuis cinq ou six ans.
La vénérable dame tricotait, tandis que ses invités de jadis, un vieil officier de marine, un négociant retiré des
affaires et sa respectable épouse, jouaient au bezigue.[4]
Ninian les reconnut tous. Un frisson le secoua. Ils avaient
cet air honnête et béat qui, pendant leur existence terrestre, fut leur principal attrait.

"Où suis-je donc?" balbutia le jeune homme.

"En Enfer," répondit avec simplicité sa vieille tante.

Et, souriante, elle baissa de nouveau les yeux sur son
ouvrage.

Une indicible horreur s'insinua en Ninian et le mordit
à la moelle. Il atteignit d'un élan farouche la porte, des-
cendit l'escalier en courant et s'élança dans la rue.

Les cloches presbytériennes d'un dimanche écossais
sonnaient avec régularité. Une foule de gens bien vêtus
sortait de l'église. Il y avait là des pères de famille, d'im-
portantes patronnesses d'œuvres charitables, d'anciens
épiciers et des magistrats. De jeunes femmes passaient,

---

4. A trick-taking card game (known as bezique in English) popular
in the nineteenth century.

les cheveux invraisemblablement lisses: elles tenaient par la main des enfants disciplinés.

"Où suis-je donc?" demanda Ninian à une de ces irréprochables épouses.

"En Enfer," répondirent-elles d'une voix assurée et modeste.

Ninian erra longtemps par les rues populeuses. Le soir tomba, idéalement embrumé, et la paix vespérale plana sur les maisons. Le jeune homme vit briller, à travers l'ombre, la lueur rouge d'un cabaret. Des hommes buvaient et chantaient. Le whisky se dorait dans leurs gobelets, et le gin s'y argentait comme une eau lunaire. Leurs bonnes faces d'ivrognes rassuraient et réconfortaient Ninian.

"Où suis-je donc?" demanda-t-il à un vieux pochard, qui, gaillardement, entamait un refrain obscène.

"En Enfer, *damn you!*" riposta le bon vivant dans un large rire.

Son aspect cordial enhardit le voyageur.

"On m'a toujours parlé de l'Enfer comme d'un endroit d'effroyables tortures," observa-t-il. "On s'est évidemment trompé ou, ce qui est moins probable cependant, je me trompe moi-même."

"On ne t'a point trompé et tu ne te trompes point," interrompit l'ivrogne. "On est tres gai, en Enfer. C'est pourquoi l'on y souffre abominablement."

"Mais, d'après ce que je vois," objecta Ninian, "chacun ne fait ici que revivre sa vie terrestre."

"Et voilà le supplice," répondit l'ivrogne.

Il s'arrêta pour lamper un énorme verre d'eau-de-vie ensoleillé, puis reprit en larmoyant:

"Nous fûmes tous des âmes sans amour et sans au-delà. Nous ne cherchions que les égoïstes satisfactions matérielles. Aussi sommes nous condamnés à revivre éternellement notre vie passée. Nous gardons, comme autrefois, un regard limpide et un front serein. Nous menons, comme autrefois, une existence repue d'honnêtes gens et de braves gens. Et, seuls, nous savons ce qu'il y a dans nos cœurs et dans notre pensée. Nous fûmes les honnêtes gens qui, orgueilleux de leur passé sans blâme, jugèrent implacablement les défaillances du prochain. Nous fûmes les braves gens qui, dans leur placidité cossue, demeurèrent insensibles aux souffrances d'autrui. Nous fûmes les braves gens rapaces et voraces que leurs semblables imitèrent avec déférence. Nous fûmes les honnêtes gens féroces et stupides qui observent le décorum et maintiennent les lois. Nous fûmes tous d'honnêtes et de braves gens. Et c'est pourquoi nous sommes condamnés au Châtiment Eternel."

Ses larmes d'ivrogne tombèrent le long de ses joues violacées.

"Il a le vin triste," pensa Ninian.

La fumée était si épaisse qu'elle voila les visages em-
brumés. Ninian, pris à la gorge par les âcres émanations
des alcools, des haleines et des sueurs, étouffa.... Il vacilla
sur ses jambes, trébuchant, chancelant....

Il se retrouva sur les moors, la tête enfouie dans la
bruyère. Son cheval broutait à quelques pas. L'air du matin le fouettait aux tempes et aux joues.

... Ce rêve fut, selon toute évidence, un pressentiment
du Ciel, puisque, un an et un jour après l'étrange vision,
Ninian Graham mourut, sans s'être amendé, hélas!

Les erreurs de sa vie terrestre furent telles que nous
ne pouvons espérer pour lui la clémence divine. Il ne put
point, ou plutôt ne sut pas, échapper à cet Enfer qui lui
fut si miraculeusement révélé.

L'AMITIÉ FÉMININE

De toutes les lourdes sottises dont les Philistins de lettres accablent leurs lecteurs, voici, je crois, la plus formidable: "Les femmes sont incapables d'amitié. Jamais il n'y eut de David et de Jonathan parmi les femmes."

Me sera-t-il permis d'insinuer que l'affection de David pour Jonathan m'a toujours paru plus passionnée que fraternelle? Je n'en veux pour preuve que l'oraison funèbre du jeune conquérant:

> *Tu faisais tout mon plaisir.*
> *Ton amour pour moi était admirable,*
> *Au-dessus de l'amour des femmes.*[1]

Je ne crois pas que ce soient là de blanches larmes d'amitié douloureuse. J'y reconnais plutôt les larmes de sang d'une ardeur veuve.

Combien est plus désintéressée la magnifique tendresse de Ruth la Moabite pour Naomi![2] Aucune lan-

---

1. *The Bible*, 2 Samuel 1:26.
2. The story of Ruth the Moabite, the great-grandmother of David, and Naomi, her Israelite mother-in-law, is told in the Book of Ruth,

gueur charnelle ne pouvait se glisser dans l'amitié de ces deux femmes. Naomi n'était plus jeune. Elle dit elle-même: *Je suis trop vieille pour me remarier.*

Je ne connais rien d'aussi beau, d'aussi simple et d'aussi poignant que ce passage:

> *Naomi dit à Ruth: Voici, ta belle-sœur est retournée vers son peuple et vers ses dieux; retourne, comme ta belle-sœur. Ruth répondit: Ne me presse pas de te laisser, de retourner loin de toi. Où tu iras, j'irai, où tu demeureras, je demeurerai; ton peuple sera mon peuple, et ton Dieu sera mon Dieu; où tu mourras, je mourrai, et j'y serai enterrée. Que l'Eternel me traite dans toute sa rigueur, si autre chose que la mort vient à me séparer de toi!*[3]

Comme la plus belle musique, ces paroles vous laissent sans voix et sans haleine devant l'Infini.

À l'offre résignée de Naomi, que le Tout-Puissant *ramène les mains vides* dans le pays natal, Ruth la Moabite répond par cette phrase d'une implorante humilité: *Ne me presse pas de te laisser, de retourner loin de toi,* qui prépare, ainsi qu'un prélude murmurant, l'ampleur d'orgue de la strophe incomparable: *Où tu iras, j'irai....*

---

part of the Hebrew Bible. Most Christian canons also include the book, placing it between Judges and 1 Samuel.

    3. See Ruth 1:16–17.

Jamais aucun sanglot d'amour n'égala cette ferveur ni cette abnégation. Le poème de l'amitié surpasse ici le poème de l'amour. C'est l'albe dévouement, la passion blanche. Et cette tendresse s'étend jusqu'au tombeau: *Où tu mourras, je mourrai, et j'y serai enterrée.*

Naomi, dont le nom signifie *beauté, douceur,* sois honorée pour l'amitié que tu inspiras à ta bru, et que célébrèrent ainsi les vierges d'Israël:

... Ta belle-fille qui t'aime... elle qui vaut mieux pour toi que sept fils....

En vérité, le Livre de Ruth est l'apothéose de l'amitié magnanime. L'amitié, fusion chaste des âmes, neige fondue dans la neige.... L'amitié, sanglot de cithares et parfum de violettes....

Croyez-moi, ô Naomis et Ruths de l'Avenir, ce qu'il y a de meilleur et de plus doux dans l'amour, c'est l'amitié.

SVANHILD

Un acte en prose

This story appears to be Vivien's take on a common theme in folklore, the existence of maidens (note the recurrence of the theme of virginity) who are able to transform into swans and back again. Such a story is the basis of Pyotr Ilich Tchaikovsky's ballet Swan Lake *(1875–76, revived in 1895). Swan maiden stories occur in Germanic folklore such as the Grimms' fairy tales, but characters named Svanhild (or Swanhild or Swanhilde) also occur in other contexts. For example, in Norse mythology, Svanhild (daughter of Sigurd and Gudrun) was a queen of the Goths who was trampled to death by horses at the command of her jealous husband. The story forms part of the Saga of the Nibelungs. (This cycle was the inspiration for Wagner's Ring operas, and Vivien, as a great fan of Wagner's music, may have heard the name in this context.) Norway, the setting for this story, was also important to Vivien's personal mythology. Her father was from Yorkshire, a region of Britain invaded and colonized by Vikings in the ninth and tenth centuries (the city's name derives from Jórvik in Old Norse), and Vivien felt a personal connection to her Norse roots. There is also a Swanhilda character in the ballet* Coppélia *(music by Léo Delibes), which premiered in Paris in 1870, an adaptation of E. T. A. Hoffmann's story "The Sandman." There is no "swan" connection in the plot of the ballet (which focuses on love and marriage), but the part of the male lover was danced by a woman en travesti, a fact that may have earned Vivien's attention.*

The narrative arc recalls Vivien's story "Le cygne noir," published in Brumes de fjords, *in which the black swan is cast out*

*by the other swans and tries to fly to the North. Although the swan
dies in the process, its body is carried by the winds and tides to its
destination, so that it is posthumously successful. This seems to be
something of a personal myth for Vivien, who appears (intention-
ally?) to confuse the notion of a black swan with the metaphor of
a "black sheep" (a person with a bad reputation), perhaps identi-
fying with the one who is singled out and is rejected by the community. Vivien reshaped this bad reputation by reclaiming the role
and casting the rejection as a sign of superiority that is misinter-
preted by the majority, who fear or misunderstand it. An expanded
version of the story was published in English as a stand-alone book
in 1912 (*The One Black Swan*) *under Vivien's birth name, Pauline Mary Tarn. It was subsequently translated back into French by
Nicole Albert in 2018.*

SCÈNE PREMIÈRE

*La scène représente une rive du Nord-Fjord. Dans le fond, des
montagnes. Des jeunes filles, en costume de paysannes, for-
ment un groupe mouvant. Elles foulent aux pieds les clochettes
bleues, le thym et les gentianes. Immobile sur un rocher, Svanhild regarde au loin.*

THORUNN. Que regardes-tu de tes yeux fixes, Svanhild?
  Et que viens-tu chaque jour attendre en silence?

SVANHILD. J'attends le retour des cygnes sauvages.

GUDRID. Tu sais bien qu'ils ne sont point revenus dans la contrée depuis le jour de ta naissance. Ils s'arrêtèrent et se reposèrent longtemps sur le toit qui t'abritait. Tant que persista la clarté, ils s'attardèrent sur le toit de mousse aux fleurs bleues et dorées, et, au crépuscule, ils s'enfuirent dans un grand battement d'ailes.

SVANHILD. Ils reviendront.

BERGTHORA. Il y a vingt ans qu'ils se sont envolés vers le Nord, et, depuis ce jour, aucune d'entre nous ne les a vus passer.

SVANHILD. Je sais qu'ils reviendront.

BERGTHORA. Pourquoi restes-tu debout sur le rocher, immobile et contemplative pendant des journées entières?

SVANHILD. J'attends le retour des cygnes sauvages.

(Des chants de fête s'élèvent. Des barques passent sur le fjord, chargées de femmes aux costumes étincelants.)

DES PAYSANNES, *chantant.*

> Ne t'approche point du glacier,
> Car le froid brûle comme la flamme.
> Ne t'approche point de la neige,
> Car la neige aveugle comme le soleil.

(S'éloignant.)

Ne demeure point longtemps sur les
   sommets,
Car l'azur entraîne comme le vertige.
Ne contemple point l'abîme,
Car l'abîme attire comme l'eau.

HILDIGUNN. Entends ces musiques lointaines. Les
barques glissent sur le fjord avec un bercement tranquille. Les paysannes rament en chantant: elles sont
heureuses.

SVANHILD. Leur bonheur serait pour moi la pire angoisse, et mon bonheur serait pour elles le plus morne
supplice.

GUDRID. N'aimes-tu donc rien sur la terre?

SVANHILD. J'aime la blancheur.[1]

THORUNN. Quel don espères-tu de la vie dans son
printemps?

SVANHILD. La blancheur.

ERMENTRUDE. Si le destin exauce miraculeusement
ton espoir, si les cygnes sauvages reviennent, que
feras-tu?

SVANHILD. Je les suivrai.

---

1. As elsewhere in Vivien's work, whiteness is a symbol of purity
in general and of heterosexual chastity specifically.

BERGTHORA. Jusqu'où les suivras-tu?

SVANHILD. Jusqu'aux limites du couchant.

HILDIGUNN. Quel est le but de ton rêve?

SVANHILD. Plus de blancheur.

SCÈNE II

Une Passante entre, les mains pleines de fleurs, tête nue, les cheveux mêlés de thym et de brins d'herbes.

LA PASSANTE. Les routes sont magnifiquement larges. Je suis ivre de la poussière du chemin. J'ai dormi sur la bruyère, et, à travers mon rêve, j'aspirais le parfum des cimes. Les baies rouges et violettes ont apaisé ma faim, et la neige fondue m'a désaltérée. J'ai cueilli les roses des montagnes. J'ai dansé, nue dans le soleil. Existe-t-il sous l'azur du printemps quelque chose de plus beau que les lézards des rochers, les chardons bleus et mauves, l'étincellement entrevu des poissons et les nuances du soir?

SVANHILD. Il est quelque chose de plus beau.

LA PASSANTE. Que peut-il exister de plus beau sur la terre?

SVANHILD. Les nuages, la neige, la fumée, l'écume.

LA PASSANTE. Ne veux-tu point suivre, à mes côtés, la route libre comme l'horizon et vaste comme l'aurore?

SVANHILD. Non.

LA PASSANTE. Pourquoi?

SVANHILD. J'attends le retour des cygnes sauvages.

(La passante s'enfuit joyeusement.)

SCÈNE III

Le soleil baisse. Le couchant illumine le ciel. Le soir est gris et pâle.

BERGTHORA. Voici le soir. Combien les montagnes sont mystérieuses!

GUDRID. Que le silence est étrange!

HILDIGUNN. L'univers semble attendre.

SVANHILD, *à elle-même.* Attendre... comme moi.

THORUNN. La Mort guette les égarés qui s'attardent dans les montagnes.

ASGERD. Les chemins sont périlleux lorsque la brume tombe des sommets.

SVANHILD, *dans un grand cri.* Les cygnes! les cygnes! les cygnes!

TOUTES, *les regards vers le lointain.* Nous ne voyons rien.

SVANHILD. Le vent du Nord souffle dans leurs ailes.... Ils ont franchi la mer, car l'écume argente leur plumage. Ils vont vers le large. Leurs ailes sont déployées et frémissantes comme des voiles.... Entendez-vous le battement magnanime de leurs ailes?

TOUTES. Nous ne voyons que les blancs nuages qui passent au-dessus du fjord.

SVANHILD. Ils sont plus beaux que les nuages. Ils vont vers les lumières boréales. Ils sont plus beaux que la neige. Comme leur vol est puissant et sonore! Les entendez-vous passer?

TOUTES. Nous n'entendons que la brise du soir sur les fjords.

SVANHILD. Je les suivrai! Je les suivrai jusqu'aux limites du couchant!

ASGERD. Svanhild! Les chemins sont périlleux, lorsque la brume tombe des sommets.

THORUNN. La Mort guette les égarés qui s'attardent sur les montagnes.

GUDRID. Songe aux brouillards qui voilent les abîmes.

SVANHILD. Ô blancheur!

(Elle s'enfuit au fond de la brume.)

ASGERD. Elle se perdra dans le crépuscule.

GUDRID. Elle périra dans la nuit. Svanhild!

TOUTES, *appelant.* Svanhild!

L'ECHO. Svanhild!

(On entend un grand cri répercuté par l'écho.)

GUDRID, *avec angoisse.* L'abîme....

BLANCHE COMME L'ÉCUME

In Greek mythology, Andromeda is an Ethiopian princess who pays the price for her mother's pride. As punishment for her mother's boasts about her daughter's beauty, Andromeda is chained to a rock to be sacrificed to the appetites (gastronomic, but also, it is often implied, sexual) of a sea monster. Andromeda is saved at the eleventh hour by Perseus, slayer of the Gorgon Medusa, on his winged horse Pegasus. The subject of a maiden saved from a monster or dragon by a hero on horseback became a popular theme from the Middle Ages on, and the depiction of a vulnerable, naked or scantily clad virgin squirming in chains was also irresistible to many painters throughout the ages. Vivien's insistence on Andromeda's whiteness here merits comment. Since Andromeda was Ethiopian, a darker skin color is more likely, but we should perhaps interpret Vivien's insistence on whiteness not as a racial trait, but as a reference to moral and sexual purity (and thus related to virginity).

Blanche comme l'écume sur le gris des rochers, Androméda contemplait la mer, et dans son regard brûlait le désir de l'Espace.

Sous le poids des chaînes d'or, ses membres délicats s'imprégnaient de soleil. Le vent du large soufflait à travers ses cheveux déployés. Le rire de la mer allait vers elle, et tout l'éblouissement des vagues miroitantes pénétrait dans son âme.

Elle attendait le Trépas, elle attendait, blanche comme l'écume sur le gris des rochers.

Elle se sentait déjà perdue dans l'infini, mêlée à l'horizon, aux flots empourprés d'or, aux brumes du lointain, à tout l'air et à toute la clarté sonore. Elle ne craignait point la Mort aux yeux chastes, aux mains graves, elle ne craignait que l'Amour qui ravage l'esprit et la chair.

Blanche comme l'écume sur le gris des rochers, elle songeait que les Dieux cléments, en la livrant virginale à la Mort virginale, lui épargnaient les rancœurs et les souillures de l'implacable Erôs.

Soudain, ses prunelles se fixèrent, dilatées, sur le Monstre de la Mer qui venait du lointain vers la proie immobile, vers la victime royale.

Ses écailles glauques ruisselaient d'eau bleue et verte, et resplendissaient d'éclairs et de rayons. Il était magnifique et formidable. Et ses yeux vastes avaient la profondeur de l'Océan qui le berça de ses rythmes et de ses songes.

Des lèvres d'Androméda jaillit un sanglot d'épouvante et d'amour. Ses paupières frémirent avant de se clore sur la volupté de son regard. Ses lèvres goûtaient amèrement la saveur de la Mort.

... Mais l'heure de délivrance avait sonné, et le Héros apparut, armé par la Parthène[1] et pareil à un éclair d'été. Le combat se livra sur les vagues et le glaive de Perseus fut vainqueur. Le Monstre s'abîma lentement dans les ténèbres de l'eau.

À l'instant où le triomphateur brisait les chaînes d'or de la Captive, il s'arrêta devant le reproche muet de ses larmes.

Et la voix d'Androméda sanglota lentement:

"Pourquoi ne m'as-tu point laissée périr dans la grandeur du Sacrifice? La beauté de mon Destin incomparable m'enivrait, et voici que tu m'as ravie au baiser léthéen. O Perseus, sache que le Monstre de la Mer a connu seul mon sanglot de désir, et que la Mort m'apparaissait moins sombre que ton étreinte prochaine."

---

1. Perseus was under the protection of the goddess Athena, whose temple was the Parthenon (the temple of virgins) in Athens.

BONA DEA

Le jour meurt. C'est le soir de printemps consacré à la Bonne Déesse.[1] Couvrez d'un voile impénétrable l'image de mon père, afin que les regards de la Virginale Immortelle ne soient point offensés par la vue d'un homme.

Cette nuit, la maison de mon père sera le temple où s'accompliront les rites sacrés....

Qu'elle est belle, la statue de la Fille de Faunus![2] Bona Dea, daigne abaisser en souriant tes yeux sur nos chœurs et sur nos offrandes.

J'ai tressé de mes mains la couronne de violettes qui ceindra ton front.... Que ton front de marbre est vaste et solennel, ô Déesse!

---

1. "[L]a Bonne Déesse" refers to the Bona Dea (literally, the "good goddess"), an ancient Roman goddess.
2. Faunus was the ancient Roman god of nature, the forests, and the wild. He came to be identified with the Greek god Pan. Like Pan, Faunus was depicted as part animal, having horns and the legs of a goat.

Voici le vase d'or dans lequel j'ai versé le vin de Lesbos. Le vin est lumineux comme les cheveux de Peithô.[3] Il est pourpre comme la chlamyde d'Apollon. Il réjouira l'âme dansante des femmes enlacées.

... Amata, trois fois précieuse, ferme tes belles paupières, semblables aux fleurs sombres. Abandonne à mes mains ardentes tes enfantines mains.

Je t'aime. Moi, Caïa Venantia Paullina, fille de Caïus Venantius Paullinus, je t'aime, petite esclave gauloise. Tu n'étais qu'une enfant chétive et sans grâce, et les marchands te dédaignaient. Mais je t'ai aussitôt et fervemment chérie pour ta lassitude et pour ta fragilité. Je t'ouvris mes bras, je voulus te consoler autant que t'étreindre....

Car je suis l'être qui domine et qui protège. Je t'aime d'un amour impérieux et doux. Je t'aime comme un amant et comme une sœur. Tu m'obéiras, ô mon souci! mais tu feras de moi tout ce que tu voudras. Je serai à la fois ton maître et ta chose. Je t'aime avec la fureur d'un désir mâle et avec l'alanguissement d'une tendresse féminine.

... Je t'ouvris jadis mes bras, autant pour te consoler que pour t'étreindre. Ta nudité grelottante, que je ne

---

3. Peitho was the goddess of persuasion and seduction in Greek mythology.

convoitais pas encore, me charmait pour sa candeur. Je
t'aimais d'être tremblante et d'être frêle. Ma force était
attirée vers ta faiblesse. Car je suis l'être qui domine et
qui protège.

Et maintenant tu es belle, Amata. Tes seins, pareils
aux pierres polies, sont durs et frais au toucher. Tes yeux
verts reflètent le feuillage smaragdin des chênes.[4] La
blancheur de ton corps a la transparence des perles du
gui.[5] Tes cheveux dénoués ont la splendeur des forêts
d'octobre.

Et parce que tu es belle, Amata, parce que tu es la plus
gracieuse des adolescentes, je te révélerai la puissance et
la douceur de l'amour féminin.

Je t'apprendrai, si tu me livres ta chair consentante,
l'art multiple du Plaisir. Je t'apprendrai la lenteur savante
des mains qui prolongent leurs frôlements attardés. Je
t'apprendrai la ténacité des lèvres qui s'acharnent délicatement. Tu sauras la toute-puissance des caresses légères.

Lorsque tu n'étais encore qu'une enfant chétive et sans
grâce, je t'appris les odes de Sappho la Lesbienne, dont le
beau nom dorien est Psappha. Sache, ô ma belle esclave!
que, parce que je suis sa Prêtresse, Psappha, étendue

---

4. Smaragdin: emerald green.
5. The pearls referred to here are the white berries of the mistle-
toe, a plant thought to have a special role in certain pre-Christian European cults, such as those of the druids.

parmi les lotus du Léthé, sourit lorsque je l'invoque et protège mes amours. Elle m'aidera à vaincre et à retenir ton cœur indécis, Amata.

Je t'aime comme autrefois Psappha aimait Atthis, la fuyante et l'incertaine.

... Parce que tu es la plus gracieuse des adolescentes, Amata, je te révélerai la puissance et la douceur de l'amour des femmes.

Tu es libre, ô ma belle esclave! Voici la robe de lin que j'ai tissée pour toi.... Elle est blanche, Amata, elle est attirante au toucher autant que ton corps lui-même. Tu es libre. Tu peux franchir le seuil de cette maison qui protégea ton enfance. Tu peux retourner dans ton pays, sans que je t'adresse un blâme ni un reproche, sans que j'assombrisse ta joie par une plainte.

Car l'amour des femmes ne ressemble point à l'amour des hommes. Je t'aime pour toi et non pour moi-même. Je ne veux de toi que le sourire de tes lèvres et le rayonnement de ton regard.

Pourquoi suis-je belle à tes yeux? Car c'est toi qui es belle et non point moi. Mes cheveux n'ont point l'or vespéral de tes cheveux. Mes yeux n'ont point la clarté lointaine de tes yeux. Mes lèvres n'ont point la ciselure de tes lèvres. En vérité, c'est toi qui es belle et non point moi.

Jamais je ne vis une parthène aussi désirable que toi, ô ma volupté! ô ma langueur!... Auprès de toi, je ne suis point belle. Si une vierge plus aimable te plaît davantage, possède-la. Je ne veux que le sourire de tes lèvres.

Je t'aime.

Mes perles seront plus lumineuses sur ton cou. Mes béryls seront plus limpides à ton bras. Prends mes colliers. Prends aussi mes anneaux. Ainsi tu seras parée pour la fête de la Bonne Déesse.

Elle est simple et douce et miséricordieuse aux femmes. Elle hait les hommes, parce que l'homme est féroce et brutal. L'homme n'aime que son orgueil ou sa bestialité. Il n'est ni juste ni loyal. Il n'est sincère que dans sa vanité. Et la Déesse est toute vérité et toute justice. Elle est pitoyable comme l'eau qui rafraîchit les lèvres et le soleil qui réchauffe les membres. Elle est l'Ame clémente de l'univers.

C'est Elle qui fit jaillir les premières fleurs. Les fleurs sont l'œuvre d'amour de la Bonne Déesse, la marque de sa faveur pour les mortelles.

Elle n'aime que les visages de femmes. Aucun homme ne doit souiller de sa présence le temple vénérable où elle rend ses oracles. Et les Prêtresses seules ont entendu le son divin de sa voix.

Elle est la Fille de Faunus. Elle est la prophétique et chaste Fauna. Mais son nom mystérieux, qui ne doit point être proféré par les lèvres profanes d'un homme, je te le dirai secrètement: c'est Oma. Ne divulgue point le nom sacré.

Le jour meurt. C'est le soir de printemps consacré à la Bonne Déesse. Les Vestales ont enguirlandé, de leurs mains chastes, les murs que parfument les feuillages.

Ne dirait-on pas une forêt immobile?... Les dernières lueurs traînent sur ta chevelure pâle... Tu sembles une Hamadryade encadrée d'ombres et de verdures....

Les Vestales ont enguirlandé, de leurs mains chastes, les murs que parfument les feuillages. Elles ont choisi les simples fleurs et les herbes chères entre toutes à Fauna: le mélilot, le thym, le cerfeuil, le fenouil et le persil. Et voici les hyacinthes.... Voici les roses....

La Bonne Déesse est heureuse de la joie de l'univers. Les Nymphes pitoyables la servent et l'honorent, les Nymphes qui, par les étés fébriles, apportent dans le creux de leurs mains une eau plus douce que le miel....

La Déesse a coloré les pommiers vermeils. Elle a blondi le crocus virginal des jardins. Elle a empourpré le bleu nocturne des violettes.

Fauna sourit à l'amour des femmes enlacées. C'est pourquoi, la nuit venue, les femmes uniront leurs lèvres devant sa belle statue, que Théano la Grecque a savamment modelée. La chevelure est d'or massif, les membres d'ivoire et les yeux d'émeraudes.... Mais ta chevelure est plus lumineuse encore, et tes membres plus polis, et tes yeux plus profondément verts....

Mes mains ferventes ont ceint de pampres le front divin.... Un serpent s'enroule aux pieds délicats.... Car celle qui est l'Eternelle Douceur est aussi l'Eternelle Sagesse.

Les épouses qui viendront cette nuit se sont purifiées en se refusant à l'étreinte des époux. Mais elles sont moins chères à la Déesse que les vierges sacrées.

Voici la nuit, azurée comme le voile qui protège l'Image Divine, et qui ne doit être soulevé que par les mains des Prêtresses. Car la Déesse ne se dévoile qu'au soir de printemps où s'unissent pieusement les femmes enlacées.

Viens, Amata, ma belle esclave. Si tu m'aimes un peu, tu m'accorderas le baiser que mes lèvres anxieuses attendent de tes lèvres. Tu te plieras à mon étreinte volontaire. Tu t'abandonneras à ma caresse implorante....

Mais je ne t'importunerai point de mon désir ni de ma tendresse, Bien-Aimée.... Je ne veux que le sourire de tes lèvres.

Works Cited in
Headnotes and Footnotes

Adler, Laure. *La vie quotidienne dans les maisons closes: 1830–1930.* Hachette, 1990.

Albert, Nicole G., and Brigitte Rollet, editors. *Renée Vivien: Une femme de lettres entre deux siècles, 1877–1909.* Champion, 2012.

The Bible. Authorized King James Version. Oxford UP, 2008.

Crowe, Catherine. *The Night Side of Nature; Or, Ghosts and Ghost Seers.* Vol. 1, T. C. Newby, 1849.

Datta, Venita. *Heroes and Legends of Fin-de-Siècle France: Gender, Politics, and National Identity.* Cambridge UP, 2011.

Doniger, Wendy. *The Bedtrick: Tales of Sex and Masquerade.* U of Chicago P, 2000.

———. *The Woman Who Pretended to Be Who She Was: Myths of Self-Imitation.* Oxford UP, 2006.

Dumas, Alexandre. *Le meneur de loups.* 1857.

Garfield, Simon. *Mauve: How One Man Invented a Color that Changed the World.* W. W. Norton, 2001.

Goujon, Jean-Paul. "Renée Vivien et les éditions Lemerre (d'après des lettres inédites)." *Renée Vivien à rebours: Études pour un centenaire,* edited by Nicole Albert, Orizons, 2009, pp. 43–54.

Hawthorne, Melanie. "Des antécédents américains de Renée Vivien." *Histoires Littéraires,* no. 66, 2016, pp. 69–74.

———. "Two Nice Girls." *Dix-Neuf,* vol. 21, no. 1, 2017, pp. 69–92, https://doi.org/10.1080/14787318.2017.1285132.

Pougy, Liane de. *Idylle saphique.* La Plume, 1901.

Rosello, Mireille. *Infiltrating Culture: Power and Identity in Contemporary Women's Writing.* Manchester UP, 1996.

Sante, Luc. *The Other Paris: The People's City, Nineteenth and Twentieth Centuries.* Farrar, Straus and Giroux, 2015.

Smith, Jay M. *Monsters of the Gévaudan: The Making of a Beast.* Harvard UP, 2011.

Stoker, Bram. *Dracula*. 1897.

Vivien, Renée. "The Black Swan." *Lilith's Legacy: Prose Poems and Short Stories*, by Vivien, translated by Brian Stableford, Snuggly Books, 2018, pp. 7–8.

———. "Le cygne noir." *Brumes de fjords*, by Vivien, Alphonse Lemerre, 1902, pp. 13–15.

———. *Le cygne noir / The One Black Swan*. Edited and translated by Nicole Albert, Éditions ÉrosOnyx, 2018.

———. *Les kitharèdes*. Éditions ÉrosOnyx, 2008.

——— [*published as* Pauline Mary Tarn]. *The One Black Swan*. Constable, 1912.

NOTE ON THE EDITOR

Melanie Hawthorne is professor of French at Texas A&M University. She has previously worked on the decadent French author Rachilde (whose *Monsieur Vénus* is included in the MLA Texts and Translations series). Hawthorne has published articles on Renée Vivien and is currently at work on a biography.